This is because I have transmigrated to piggy duke!
JN172518
スロウ・デニング
アニメ世界に転生した主人公。デニング公爵家三男。クルッシュ魔法学園の問題児だったのだが……？
シャーロット・リリィ・ヒュージャック
滅亡した大国のプリンセス。現在はスロウの従者に身をやつす
10
豚公爵に転生したから、
PIGGY DUKE WANT TO SAY LOVE TO YOU
今度は君に好きと言いたい

多分、絶対にドジっ子だ。

ミント
スロウの新しい従者候補で、たまに“やっちゃう”ことがあるらしい。それを補うほどの長所があるらしいが……

その子は男子寮の前に直立不動で立っていた。
俺たちの登場にあわあわと、声には出さずともかなり緊張しているみたいだ。
俺もどうしたらいいんだろ？

「スロウ。お前が素直に
私の前に出てくるとは思わなかった。
私のことが嫌いだろう？」
バルデロイ・デニング
スロウの父親にして、騎士国家で強大な権力を持つ、公爵家デニングの現当主

「……父上とこうして話をするなんて、雷でも降るんじゃないか」
心臓が痛い。締め付けられる。
この男との過去のいざこざは、余り思い出したくもない。
俺を公爵家当主にするために、徹底的に痛めつけられた。

「俺に構うな！
勢いのままに、打ち倒すぞ！」

「バルは素晴らしい後継を得た」
マグナ
ある組織を束ねる正体不明の男。公爵家とは浅からぬ因縁があるようだが……
こちらの士気は最高潮、錆の連中を圧倒している。
それに乱戦こそ、俺達公爵家の本領が発揮出来る場面なのだ。
だけど、騎士達の勢いを削ぐ者が現れる。

C O N T E N T S

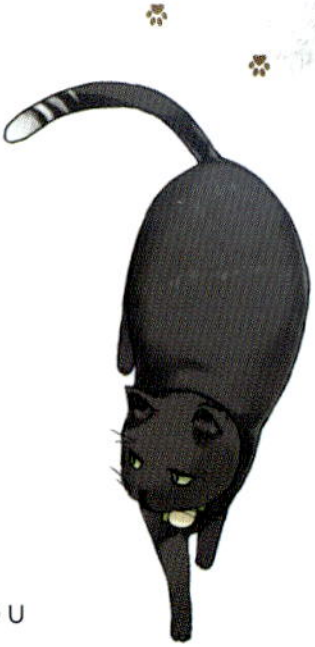

PIGGY DUKE WANT TO SAY LOVE TO YOU

This is because
I have transmigrated to piggy duke!

豚公爵に転生したから、今度は君に好きと言いたい10

合田拍子

ファンタジア文庫

3022

口絵・本文イラスト　nauribon

spirit of

序章　休息の終わり

「ぶほ、ぶひひひひい」

豚《ぶた》が追いかけてくる。

真っ黒い皮膚《ひふ》のでかい奴等《やつら》だ。

「ふ、ふごー！　ぶ、ぶひい！」

俺の声でもあるし、あいつらの声でもある。

あいつらは俺が持っている熱々の肉串《にくぐし》を狙《ねら》ってくるんだ。

碌《ろく》にご飯を食べていないのか、鼻息が荒《あら》い。

追い付かれたら、俺まで食べられてしまう勢いで迫《せま》ってくる。

「ふごうーご！　ふご！　ふご、ふごーっ！」

必死で逃《に》げたさ。

道は一本道。暗くて、ジメジメと湿度《しつど》も高い。

俺よ、何でこんな場所に入ってしまったんだよ。

それに何でお腹《なか》を空《す》かせたあいつらの前で肉串なんて食おうと思ったんだよ。

ギラついた目の豚が数十匹《びき》。

あいつらの前でそんな旨《うま》そうなものを見せたら、追いかけてくるに決まってるだろ！

「ほら！　お前らにやるから、もうついてくるなって！　ほら、やるよ！」

後ろに向かって、肉串を放り投げた。

あいつらが食べ物に気を取られている隙《すき》に、この場から逃げてしまおう。

そう思っていたのに。

「まて、スロウ」

予想だにしないことに、奴等の先頭を走っていた巨大《きょだい》豚の上に父上が乗っていた。

「げ！」

もう顔すら思い出すこともなくなっていた父上の姿がそこにある。

最近の夢に家族がよく出てくるようになった。

理由は……分からない。

「お久しぶりですね！　父上！」

サーキスタ大迷宮《ダンジョン》で骸骨《がいこつ》になったルイスに出会ったからか？

ルイスとの思い出を皮切りに、夢の中で昔の記憶《きおく》を思い出すことが増えた。

「わははスロウ！　活躍《かつやく》しているようだな、そろそろ公爵《こうしゃく》家に帰ってくるか？」

ちょっと待て。

あの厳格な父上がそんな豪快《ごうかい》な笑い方をするかよ！

「お前のことだ！　どんな顔で公爵家に戻《もど》ればいいのか、分からないのだろう！」

最悪なのは、俺の身体《からだ》が昔の真っ黒豚公爵のようにおでぶなことだ。

真っ黒豚公爵の身体は残念ながら、走ることに向いていない。

「待て、スロウ！　折角こちらから歩み寄ろうとしているんだ、逃げるな！」

わざと減速をして、捕《つか》まってやることにした。

夢の中の父上が、俺をどうするのか興味があった。

「……」

なのに父上は、俺に何を言うでもなく、巨大豚の上からすうっと消えてしまったんだ。

「何もないのかよ……」

夢であることを理解する。

心臓がバクバクとなっていた。

「……てっきり、公爵家の当主になれとか言われるのかと思ったよ」

公爵家の当主として生き続けることがどれだけ大変か。

陛下の要望にも応えないといけないし、大貴族の名を背負う重圧もある。

俺には到底《とうてい》、無理。だから、夢の中でも逃げ続けていたのに……何も言わないのかよ。

「しかも夢の場所ってあそこだよな……」

俺が豚に追われていたあの場所はクルッシュ魔法《まほう》学園。

父上が魔法学園にやってくるわけもないのに、何であんな夢を見るんだよ。

率直《そっちょく》に言って、不吉《ふきつ》すぎた。

「はあ……俺だって、父上には言いたいことが山ほどあるっての」

俺の知らないところで始まっていたアリシアとの婚約騒動《こんやくそうどう》。

騎士《きし》国家の超《ちょう》大物、女王陛下エレノア・ダリスをも巻き込んだ俺達の旅。

目的の物を持って帰ることに掛《か》かった時間だけを見れば、僅《わず》かな時間で最高の結果を手に入れたと言えるだろうけど……。父上だって、知っていたはずなのだ。

父上に会ったら、アリシアとの婚約を勝手に進めるなって文句を言ってやらないとな。

「今頃《いまごろ》、サーキスタとダリスは大騒《おおさわ》ぎしてるかなあ」

何て言ったたって、二属の杖《ダブルワンド》。

大陸南方の大国である俺の故郷とアリシアの故郷。

二国の友好を願って、光の大精霊《レクトライクル》と水の大精霊《ホルトグレイス》が作り上げた逸品《いっぴん》だ。

その効果はとうに失われているけれど、あれがあのマジックアイテム好きのスライムに奪《うば》われてから、二国の関係は急速に悪化していった。少し前まではドストル帝国《ていこく》に対抗《たいこう》するために二国は一時的に纏《まと》まったこともあったけど、これから先の二国の関係は不透明《ふとうめい》。

まあ、国同士の関係なんて偉《えら》い人が考えればいいさ。


「ふうー……もう身体の方は回復したと思ったんだけどなあ」

まだ俺の身体は、あの場所で起きた困難を忘れてはいなかったらしい。


身体が、柔《やわ》らかみに沈《しず》んでいる。

俺はベッドの上に寝《ね》ころんでいた。知らない部屋って、わけじゃない。

俺は悪夢のようなサーキスタ大迷宮《ダンジョン》から逃げ帰ってから、ここで数日間、生活している。

冒険者《ぼうけんしゃ》ギルドサーキスタ支部『矢切《やぎり》のボイド』、そこは山脈の麓《ふもと》に造られた砦《とりで》だ。

サーキスタ大迷宮《ダンジョン》の傍《そば》に作られた冒険者ギルドの村に俺はいた。

窓にはシルクのカーテンが掛かって、外から差し込む光を遮《さえぎ》っている。

「……っふ、ぶひはっくしょん！」

アリシアを逃がすために、サーキスタ大迷宮《ダンジョン》の中層で起きた死闘《しとう》。

冒険者ギルドが発行しているモンスター大全の最終ページに出てくるようなレアモンスターと一戦交えて……死にかけたんだ。

「ぶひはっくしょん！」

つまりなんて言えばいいのか、俺は無茶がたたって風邪《かぜ》をひいてしまったわけである。

「あ！　スロウ様、起きたみたいですね」

扉《とびら》が開いて、ひょっこりと顔を出したシルバーヘアーの女の子。

疲労困憊《ひろうこんぱい》になって、熱を出した俺をずっと看病してくれたのが。

「……おはよう」

「スロウ様、汗《あせ》をかいてますけど……」

俺の大事な、大事な従者のシャーロット。

まだ頭の中に浮《う》かんでいる父上の影《かげ》をぶんぶんと振《ふ》り払《はら》う。

「何でもないよ。ちょっとした悪夢を見てね」

俺は彼女と一緒《いっしょ》にいるために、公爵家の人間としての当たり前の生き方を捨てたんだ。

嘗《かつ》ての俺が決断した選択《せんたく》に一切《いっさい》の後悔《こうかい》はないけれど、ああいう夢を見るってことは……。

俺の心の深いところでは、公爵家への帰属意識ってのがあるのかなあ……。

「スロウ様、調子はどうですか？　もう元気になりましたか？」

「ぶひ……」

「身体のどこかに違和感《いわかん》、ありませんか？　だるさは取れましたか？」

「寝すぎて、少しだけだるいぶひい」

シャーロットが心配そうに、ベッドに横になった俺の顔を覗《のぞ》き込んでくる。

サラサラのシルバーヘアーが俺の頰《ほお》をくすぐる。

冒険者ギルドサーキスタ支部『矢切のボイド』。

サーキスタ大迷宮《ダンジョン》への入り口に近い冒険者ギルドの宿でゆっくり身体を休めていた。

小さな街といってもいい規模の冒険者ギルド集落を見物したり、たまにシャーロットと散歩をして一日を過ごしている。

「スロウ様はとっても頑張《がんば》ったんだから、まだまだ休んでいいんですよ？　アリシア様もスロウ様にはとってもお世話になったって言ってましたし」

「シャーロット。アリシアはもう王都ダリスに着いたかな」

「あの勢いでしたから……もう到着《とうちゃく》してるかもしれないですね」

「だよね。ふぅ……甘《あま》いものが食べたいぶひい」

「そう言うと思って、フルーツを持ってきました！　はい、スロウ様。あーん」

「さすがシャーロットぶひねえ。気が利《き》くぶひい」

なんて出来る子だよシャーロット。

シャーロットがスプーンで俺の口にメロンを運んでくれる。

「うま、うまうまうま」

サーキスタ大迷宮《ダンジョン》に潜《もぐ》ったことで身体に蓄積《ちくせき》した疲労《ひろう》。

それもシャーロットが傍にいるってだけでじんわりと溶《と》けていく。甘々なシャーロットが身の回りのことを全部やってくれるから、俺はすっかりだらけきっていた。

「ほら、スロウ様。もう一口どうぞ」

「ぶひぶひぶひ」

二属の杖《ダブルワンド》、奪取《だっしゅ》の事実。

それは世界を！　とまではいかないが。

でも、二国からすれば天地が割れんばかりの一大事である。

俺の代わりにアリシアが騎士国家の王都に向かっている。

自分の口で直接、サーキスタ大迷宮《ダンジョン》で何が起きたか女王陛下に報告したいらしい。

「スロウ様。あーん」

「ぶひぃ」

もう、ここでシャーロットと一緒に住もう。

このサーキスタならダリス程《ほど》、期待されることもない。

公爵家のスロウ・デニングじゃなくて、ただのスロウとして平穏《へいおん》に暮らせる気がする。

だけど、邪魔《じゃま》者ってのは突然《とつぜん》、現れるもので。

「……私の目の前で……いい度胸だな」

出た、出たよ。

「スロウ、こちらを見ろ」

昨日から、突然現れたお邪魔虫。

凛《りん》として、よく通る声。

巨大な従者を引き連れて、きりっとした顔で部屋に入ってくるのは、俺の姉上。

サンサ・デニング。

黒髪《くろかみ》長身で、シャーロットを超《こ》えるクールビューティーさが売りの俺の姉上だった。

「スロウ。お前のことだ、もうとっくに体調は戻っているだろう？」

突然のことだったので、顔をシーツの中に隠《かく》した。

サンサだからってわけじゃないけど、俺は家族が苦手である。

父上の夢を見て、滝《たき》のような汗をかくぐらいだ。

父上に比べたら、姉弟《きょうだい》はましだけど、それでもだ。

「いえ、まだまだです……あと一週間は休まないと……」

「ほう。さらに時間が欲《ほ》しいというのか」

俺は絶対に、家族から軽蔑《けいべつ》されているって自覚がある。

兵士らは俺の最近の活躍で、俺に対する心証も変わっているみたいだけど、家族は別だ。

みんな、俺の堕落《だらく》した生活を何年も目《ま》の当たりにし続け、心底から俺を嫌《きら》っている。

「さ、サンサ様！　スロウ様は本当にまだお疲《つか》れなんです！」

「ほう……そうかそうか……」

サンサはいつも厳しい。

他人だけじゃなく、自分にも厳しい。

ぶひぃぃぃぃ……

俺が真っ黒豚公爵《ぶたこうしゃく》だった頃は耳にタコが出来る程お叱《しか》りを受けていた。

その涼《すず》しい声は少しだけトラウマである。

「何があと一週間も休む、だ。スロウ、お前。昨夜こっそり抜《ぬ》け出して、買い食いにいったたろ。それも私の隊の人間にばれないように魔法を使って」

「……え？　サンサ様、何の話ですか？」

「シャーロット、お前達の関係も分かるが、スロウを信じすぎるな。こいつは思った以上にずる賢《がしこ》い豚だ。ほら起きろ。こっちは、お前の回復の早さを昔から嫌《いや》ってぐらい分かってるんだ、ほら！　スロウ、起きろ！」

「ぶひいいいいいいいいいいいいい」

俺の身体《からだ》を覆《おお》っていたシーツが魔法ではがされる。

シャーロットのような力任せじゃない、魔法を使ったスマートなやり方。

俺の姉であるサンサはいつだってこうだ。何でも上手《うま》くこなしてしまう。

本人は器用貧乏《きようびんぼう》だとかいって謙遜《けんそん》しているが、能力は平均して全てが高い。

「ぐはは！　あの若様もサンサ様の前じゃ大人しいですなあ！」

そして、サンサの後ろには僧衣《そうい》を着込んだでっかい奴《やつ》。

体躯《たいく》は……サーキスタ大迷宮《ダンジョン》で出会った小さめの巨人《きょじん》ぐらい。

あれはコクトウというサンサの用心棒、じゃなくて専属従者だ。

つまり、俺にとってのシャーロットにあたる。

「サンサ様……スロウ様はまだ……お疲れで……」

お。頑張れ、シャーロット！

俺はまだ最後の抵抗《ていこう》とばかりにベッドの上で枕《まくら》を抱《だ》きしめている。

「シャーロット。こいつと二人だけで話したい」

「は、はい！　分かりました！　サンサ様！　どうぞ！」

……シャーロット、陥落《かんらく》はやすぎだよ。

でも、無理もない。いつだってサンサは真面目、冗談《じょうだん》の一つも言わない堅物《かたぶつ》だ。

サンサ・デニングという人はどんな時だって間違《まちが》えない、正しい人間。

それが騎士《きし》国家ダリスにおける、俺の姉への評価だ。

シャーロットが部屋から出ていくと、サンサは椅子《いす》に座っておもむろに語り出す。

「スロウ。お前と違って私は忙《いそが》しい」

「……いきなり何だよ。何が言いたいんだよ」

「特に今回は、私の判断でダリスを離《はな》れ、サーキスタへやってきた。立場ある人間として許されるものではない。私は、ヒマではないのだ」

「そんなの俺が知るかよ。誰《だれ》も頼《たの》んでないだろ」

「なんだ、その口の利き方は」

公爵家の直系と言われる人達は毎日が忙しい。

しかも、サンサは将軍と言われている地位。軍隊を指揮する偉《えら》い立場だ。

俺の想像以上にやることが沢山《たくさん》あるだろう。

なのに俺達がサーキスタ大迷宮《ダンジョン》に向かったという話を聞いて、独断でやってきたのだ。

正直、俺が知るサンサ・デニングという人間がやることじゃない。

あの堅物のサンサがまさかって感じよ。

「が、女王陛下も父上も私の独断を不問にするということだ。お前達が手にした二属の杖《ダブルワンド》、あれの奪還《だっかん》をサポートした、ということでな」

「……良かったですね姉上。また功績が出来て」

「ふざけてるのか」

これまで俺は家族と向き合うのは出来るだけ避《さ》けていた。

面倒《めんどう》だからだ。嫌ってぐらい小言を言われるからだ。俺が真っ黒豚公爵になったことで、公爵家の高い名声を下げたことは事実だからなあ。

「それでだな、スロウ。お前に一つ、話がある」

「……」

「今回の件で、お前があれだけ苦労したのは、理由がある」

理由？

そんなの数えきれないぐらいあるって。

そもそもあの少人数でサーキスタ大迷宮《ダンジョン》に潜るってこと自体が、あり得ないんだ。

「何が理由か、分かるか？」

「何だよ」

一体、サンサは何を言い出すつもりだ。ちょっとだけ怖《こわ》い。

この人、たまにとんでもないことを言い出すからな。

「お前のために、新しい従者を一人、見繕《みつくろ》ったんだ」

「…………」

……言葉が出なかった。

俺が従者を替《か》える？

そんなの、あり得ないってサンサは分かってる筈だ。

もう十年以上一緒《いっしょ》になる。何があってもシャーロットと一緒にい続けたんだ。

「スロウ。私もお前がシャーロットを高く信頼《しんらい》しているのは分かっているが、今回の件を受けて従者本人の力量がどれだけ大事かも分かった筈だ。シャーロットが魔法《まほう》に目覚めたと言っても、それはサーキスタ大迷宮《ダンジョン》に連れてはいけない程の力量でしかない」


サンサの提案は考える余地がない。

笑い飛ばしたいけど、サンサの顔は真剣《しんけん》だった。

まあ、この人の真剣じゃない顔なんて家族の俺でも見たことがないけど……。


「スロウ。新しい従者を——」

「却下《きゃっか》。俺の従者はシャーロットしかいない」

でも、いつかくる話だとは思っていたのだ。

まったく対策を打たなかったわけじゃない。

これまで俺は真っ白豚公爵になって、国へ貢献《こうけん》をしてきた自負がある。

だから、強気でサンサに伝えたのだ。

「そう言うと思ってたな」

シャーロットを従者の立場から外す？　そんなの、ありえないって。ぶひ。

「既《すで》に魔法学園に、従者候補を一人向かわせている。完璧《かんぺき》な従者候補だと自負している」

一章　一人の従者候補

「い、いやだあああ」

「スロウ様！　落ち着いてください！」

「うわあああああああああああ」

街道《かいどう》を走る立派な馬車の中。

俺達がサーキスタに向かうために利用した馬車とは違う高級仕様。

乗っている者を分かりやすく示す公爵家の家紋《かもん》が外装に。

先を走っている人や馬車があれば、俺達に恭《うやうや》しく道を譲《ゆず》っていく。

サーキスタでも騎士国家の公爵家デニングの威光《いこう》は十分にあるらしい。

まあ、馬車の周りを公爵家デニングの騎士が守っているんだからそりゃあ退《ど》くよな！

「俺はまだあそこにいたいんだあああ」

サーキスタ冒険《ぼうけん》者ギルドからダリスへ連れ戻《もど》されていた。

いや、連れ戻されているなんて優《やさ》しい表現じゃだめだな。

これは連行と言っていいだろ。俺は実の姉から罪人みたいな扱《あつか》いを受けていた。

「スロウ様、そんなにあの場所が気に入ったんですか？」

「違う、そういうことじゃない。俺はただ、休養切り上げが早すぎって言ってるだけで！」

同じ馬車に同乗しているのは三人。

俺の目の前に姉上であるサンサ、その隣《となり》には姉上の従者であるコクトウ。

そして俺の隣にシャーロットが姿勢正しく座っている。

シャーロットは公爵家の中でもかなりのお偉いさんであるサンサが近くにいるもんだから、少し緊張《きんちょう》しているみたいだ。

「おい、コクトウ。実の弟とはいえ、いい加減見苦しい。押さえつけろ」

「……サンサ様、よろしいんで？」

「手加減するなよ？　本気でやれ」

「では遠慮なく」

斜《なな》め前に座る大男が急に立ち上がったかと思うと、腕《うで》を引っ張られた。

「えっ、いっつ！」

しかも、とんでもない力で！

味わったこともない馬鹿力で抗《あらが》う気にもならなかった。

ふかふかの床に顔を押し付けられて、シャーロットが小さく悲鳴を上げる。

「痛いって！　おいこら、コクトウ！　俺の上からどけ！」

「サンサ様の命令なので。若、我慢《がまん》してください」

「ふざけるなよ！　サンサ、こいつをどけろ！」

「スロウ、さっき窓から逃《に》げようとしただろ？　これでも優しくしている方だ」

当たり前だろ！

何が悲しくて、こんな早くにダリスへ帰らないといけないんだ！

俺はまだ休養を取ってもいい、それだけの偉業《いぎょう》をサーキスタ大迷宮《ダンジョン》で成し得たはずだ！

俺がどれだけのモンスターを倒《たお》したと思ってやがる！

だけど、床に組み伏《ふ》せられた俺に向かって、足を組んだサンサが偉そうに言う。

「お前以外の姉弟《きょうだい》にとっては、あれは休養の取りすぎだ」

「俺の功績を考えたらあれでも少ないぐらいだろ！　二属の杖《ダブルワンド》だぞ！　サーキスタとダリ

スにいる大精霊《せいれい》同士が作り上げた平和の証《あかし》だぞ！」

どれだけ祖国の平和に貢献したのか、こいつら分かってるのか？

二属の杖《ダブルワンド》が両国のどちらかにある限り、二国の平和は約束されたようなものなのだ。

それなのにサンサの俺に対する扱いときたら……断固抗議《こうぎ》だ！

俺はシャーロットと仲良くサーキスタ観光プランまで考えていたっていうのに！


「スロウ！　もしお前の傍《そば》にコクトウがいれば、二属の杖《ダブルワンド》奪還も遥《はる》かに難易度が低いものになっただろう。違うか？」

「またその話かよ！　……おい、いい加減重いって！　コクトウ、俺の上から退け！　それにサンサ！　俺がダリスへ帰ったってやることないだろ！」

「もう忘れたのか？　スロウ、お前にはクルッシュ魔法学園で新しい従者が待っている」

「だから、それは散々、断っただろ！　俺の従者はシャーロット一人だ！　くどいって！」

そう。新しい従者が、クルッシュ魔法学園で俺を待っているらしいのだ。

シャーロットの代わりに新しい従者？

そんなのあり得ないって断ったのに、サンサの押しが強すぎるんだ。

「シャーロットに関する報告は聞いている。勤勉でも、どうにも出来ないことはある。それが公爵《こうしゃく》家の専属従者という立場なら尚更《なおさら》だ。幾《いく》らシャーロットに強力な獣《けもの》が懐《なつ》いているといっても、うちは本人の力量重視だ」

懐いているのは強力な獣じゃなくて、モンスターだけどな！

「スロウ。何度も言わせるな。シャーロットと離《はな》れ離《ばな》れになるわけではない。シャーロットは……そうだな、お前専用のメイドとしてこれまで通り、仕えていればいいだろう」

「そういう話じゃない！　俺の人生を勝手に決めるなって言ってるんだ！」


ていうか、ここでそんな話を出すなって！

「……しゅん」

ほら！　シャーロットが悲しそうな顔してるだろ！

シャーロットには従者交代の話をしてなかったのに、今日、突然《とつぜん》サーキスタからダリスへ帰るぞと馬車に押し込まれて、いきなりサンサにその話をされたんだ。

あの時のシャーロットの悲しそうな顔ったら、なかったよ。

それにシャーロットの膝《ひざ》の上にいるやつは強力な魔物どころじゃなくて、大精霊なんだけどな。はあ、こんな感じでサンサは俺の気持ちなんて全く考えていないわけだ。

「別に従者交代なんてよくある話だろう。私だって、三人目だ」

サンサの言う通り、従者交代なんて公爵家の中ではよくある話だ。

けれど、俺に限っては一貫《いっかん》して従者はシャーロット。

というか俺の従者がシャーロット以外なんて考えられない。

「サンサ。父上だって従者を替えていないだろ」

「父上の従者は特別だった。グレイス様の代わりなんてそうそう見つかるものじゃない」

「ていうか、あれか？　俺がちょっと活躍《かつやく》したから、従者を与《あた》えてコントロールしようとでも思ってるのか？　だったら、意味がないぞ。従者を替えたぐらいで俺は変わらない」

「スロウ。私もコクトウを従者に据《す》えて、未来が開けた。お前も従者の力が私達の未来にどれだけ重要かは知っているだろう」

「うははは。名高いサンサ様にそう言っていただけるなんて、栄誉《えいよ》ですなあ」

俺の上に乗っている僧衣《そうい》を着た大柄《おおがら》の男。

確かにサンサは、コクトウという男を従者に得てから、急激に戦場で戦果を上げるようになった。サンサ・デニングとコクトウのコンビは、南方の力自慢《じまん》の間じゃ知らない者はいないぐらい有名だ。

「しかしサンサ様。今や若様は国中から期待を受ける大人物ですぞ」

「コクトウ。本物のスロウ・デニングという男は名高いなんてものとは程遠《ほどとお》い。あまり期待しすぎるな、こいつの性根《しょうね》は腐《くさ》っている」

「サンサ様は実の家族相手でも、相変わらず手厳しいですなあ」

俺の上に乗ったまま、というか、ついには俺の背中を椅子《いす》のようにして座り込むおっさん。本当にむかつく。この野郎《やろう》、ダリスに戻ったら覚えておけよ。

こいつはサンサを盲信《もうしん》して、北方の地からわざわざ南方にやってきた変わり者だ。家柄《いえがら》も重んじる公爵家の中で、直系の専属従者って地位になれたのは、それだけコクトウの実力がずば抜《ぬ》けているからだ。

「あの……サンサ様、スロウ様の新しい従者候補の人って……どんな人なんですか?」

俺は聞くまい聞くまいと、話にも出さなかったのに。

シャーロットは俺のために公爵家が用意した従者候補に興味深々のようであった。


夜になると、途端《とたん》に冷え込む。

俺はサンサの部下から外套《がいとう》を借りて、夕食が出来上がるのを今か今かと待っていた。

「サンサ様！　サーキスタで手に入れた秘蔵の肉も全部入れちゃっていいですか⁉　スロウの若様も待ちきれないって顔してるので、ここは一気にいっちゃいましょうよ！」

しかし、大鍋《おおなべ》に具材を投入して夕食の準備をしている騎士《きし》さん達の手際《てぎわ》のいいことよ。

皆《みな》さんシャキシャキと働いて、活気もいい。

彼らを監督《かんとく》する者の教育が行き届いているからだろう。

シャーロットもお手伝いをしているし、俺も見ているだけじゃ悪いので、少しは夕食のお手伝いをしようとするんだけど……。

「若様はそこでゆっくり休んでいてください。俺達が作りますんで！」

ほら、この通り。腰《こし》を浮《う》かしたらこれだよ。

「デニーロ、サンサがこっちを睨《にら》んでるんだけど……」

「あれはポーズですから！　若様は気にしなくていいですよ！」

騎士の何人かは俺も見たことのある顔だった。何だかんだでクルッシュ魔法《まほう》学園に行くまではずっと公爵領地の本館にいたからな。知り合いは多いのである。

デニーロは俺よりも五歳ぐらい年齢《ねんれい》が上の騎士だ。公爵領地で騎士見習いとして過ごしていた頃《ころ》からムードメーカー気質で、それは今も変わらないみたいだ。

それに騎士さん達は意外にも、公爵家の問題児だった俺に好意的である。

「おい、デニーロ！　スロウを甘やかすな」

「サンサ様！　そんなこと言っても、スロウ様を休ませてやれって言ったのはサンサ様じゃないですか！」

「私はそんなこと、一言も言っていないぞ」

「俺達ぐらいサンサ様と一緒《いっしょ》にいると、雰囲気《ふんいき》で分かるんですよ」

俺は公爵家の人間だけど、この場にいる最高権力者は俺じゃない。

今は騎士達の中に混じって、働いている女性が、俺達のボスだ。きびきびと強面《こわもて》の男たちに指示を出して、歩き回っている。

彼女の名前はサンサ、俺の姉上だ。俺が言うのもあれだけど、人間が出来すぎている。

「……まだかなあ。腹、減ったなあ」

大鍋の中に放り込まれる肉や野菜の数々。騎士達がせっせとかき混ぜる大鍋はぐつぐつと煮《に》えて、こっちにまで良い匂《にお》いが届くもんだから、たまんない。

俺はたった一人。

夕食が出来上がるのを、切り株に座って待ち続ける。

あ、お腹《なか》がぐーって鳴った。

「スロウ様、そわそわしても、ご飯は逃げませんせん。もうすぐですよ」

「鍋に足が生えるかもしれない、誰《だれ》かが俺の分まで食べるかもしれない」

「……逃げませんって」

シューヤの一件が片付いたから、目先の心配は何もない。

シャーロットとも一緒になれたし、食欲は湧《わ》く一方だよ。

「スロウ様の分。持ってきましたよ、わあ！　誰も取りませんって！」

ふうふうしながら、一口ごくり。よし、スープにはしっかり肉の味が溶《と》け出している。

そして銀のフォークで皿に入った肉を口に運んでいく。

肉だけじゃなくて、野菜も芋《いも》もたっぷり入っている。

噛《か》み締《し》める度《たび》に旨味《うまみ》が溶け出した。

「シャーロット、お代わり！」

「え!?　もう食べたんですか!?　一口じゃないです！」

「シャーロット、お代わり！」

切り株の上で、隣《となり》にはシャーロット。

大精霊さんはいない。

大精霊さんはサーキスタ大迷宮《ダンジョン》で俺を助けた。あれは大精霊さんの流儀《りゅうぎ》に反するらしくて、何故《なぜ》か落ち込んでいた。サーキスタで暫《しばら》く、己《おのれ》を見つめなおすらしい。

「デニーロ、食え」

「サンサ様、どうして俺のにだけ野菜多めなんですか？　コクトウさん、笑ってないで助けて下さいよ！　スロウの若様の皿に肉ばっか入れたの俺、見てたんですからね。これは差別でしょ！」

「余計なことを言うな、お前は好き嫌《きら》いが多すぎる！」

夕食を食べながら、和《なご》やかな談笑《だんしょう》がそこら中で交わされている。

サーキスタ大迷宮《ダンジョン》に向かう途中《とちゅう》は国境沿いにいたごろつきに馬車の荷物なんかを狙《ねら》われたりしたけれど、今はそんな心配一切《いっさい》無し。

馬車には公爵家の家紋《かもん》が刻まれ、さらには公爵家の騎士であることを示すあの外套を着込んだ連中を襲《おそ》う奴《やつ》なんてこの世界にはいないだろう。

サンサも部隊の騎士と楽しそうにしている。

公爵家の中でもサンサは兵士連中から抜群《ばつぐん》に人気がある。

分かるような気がする。サンサは何て言うか、オンとオフがしっかりしてるんだ。

気を締める時は締めるし、気を緩《ゆる》める時はしっかり緩める。

ここだけの話、サンサのことを自分の娘《むすめ》みたいに思ってる年輩の騎士や兵士は多い。

「……」

しかしサンサと騎士達とのやり取りを見て、思い出すことがある。

俺にも嘗《かつ》て、あんな日々があったんだ。

あれ程多くはないけれど、直属の二人の騎士。

名前はクラウドとシルバ。昔は、あいつらとシャーロットを加えた四人で毎夜語り明かしていた。俺が道を外れなければ、サンサ達のような未来があったのかもしれない。

「サンサ様、人気ありますよね」

「シャーロット。実際のところ、俺とサンサ、どっちの方が兵士から人気あるかな」

「……」

「悩《なや》むところじゃないって。サンサ一択《いったく》だよ。あいつが次の公爵になれたらいいのになあ。

そしたら、俺のことに構ってる暇《ひま》なんか無くなるのに……」

「若！　あの……折角だし、この場で若と一戦交えたいのですが！」

やってきたのは紅色の外套を羽織る公爵家の騎士。

サンサから食事の度に好き嫌いするなと怒《おこ》られているデニーロだ。

「……いいよ。俺も、サンサの部下がどれぐらいのものか興味がある」

「さっすが！　若！　じゃあ、サンサ様の目が無いあっちのほうで……」

おいデニーロ。そんなこと言うなって。

そんなこと言ったら地獄耳《じごくみみ》のサンサが……あーあ、ほら来た。

「スロウッ！　デニーロと一戦交えるだと⁉　勝手なことをするな！」

「サンサ。勝負を持ちかけてきたのは俺じゃない」

ゾロゾロと集まってくる公爵《こうしゃく》家の騎士達。

この場にいるのはサンサがサーキスタ大迷宮《ダンジョン》に連れて行った直属の部下達だ。

当然、腕《うで》には自信のある者ばかりだろう。

サンサも騎士達の盛り上がりを見て、止めるのを諦《あきら》める。

多少の娯楽《ごらく》を与えるのも、上官としての務めだもんな。

俺とデニーロは距離《きょり》を取って、対峙《たいじ》する。

「噂《うわさ》がどれだけのものか！」

デニーロが杖《つえ》の先に炎の刃《ブレイド》を迸《ほとばし》らせる。

公爵家の騎士の戦い方は近接戦闘《せんとう》が主体。

その戦い方は遠距離攻撃《こうげき》を基本とする普通《ふつう》の魔法使いとは真逆。

ふうん。シューヤとは比べ物にならない、練られた魔法だな。

あれぐらいの練度になると敵から魔法を受けたって、あの刃で受け止めることが出来る。

「若！　何考え事してるんですかッ！」

「ぶひ？　まあ、余裕《よゆう》だから」

「言いましたね⁉　それじゃあ俺も本気で！」

デニーロの背丈《せたけ》の倍ぐらいまで炎が燃え盛《さか》っている。

「……おい、待てよ。遊びじゃないのか」

さすがにあの炎を見たら、顔色を変えざるを得ないって！

遊びじゃないのかよ！　あれは直線上にある障害物もろとも敵を葬《ほうむ》り去る力だぞ！

「若と戦える機会なんて有りませんから！」

デニーロが刃を振《ふ》るった直後、あいつの身体《からだ》にさらなる風が纏《まと》わりつく。

「あのスロウ・デニングと戦えるんだ。遊びにしたら……勿体《もったい》ないでしょうッ！」

そうして、デニーロは一気に俺との距離を縮め、魔法の刃《ブレイド》を思いっきり振るう。

炎の刃から、炎と風の刃へ威力《いりょく》を高めた力。

風によって勢いを増した炎が俺に迫《せま》ってくる。

が、問題ない。炎と相性《あいしょう》の良い水の結界で受け止める。

「中々の威力じゃん、デニーロ！　お前、こんなに強い魔法撃てたっけ⁉」

「さすがですねえ若様ッ！　微塵《みじん》も動揺《どうよう》しないとは！」

嘘《うそ》だよ。内心、メッチャ動揺したって。

ただの遊びだと思ったのに、本気でやる奴がいるかよ！

それでも胸が高鳴る。やっぱり腕のある騎士との戦いは心が躍《おど》る。

サーキスタ大迷宮《ダンジョン》の中層で出会った理不尽《りふじん》なモンスターとは違《ちが》う。

純粋《じゅんすい》に高められた武力、これはいいもんだ。

「では、もう一度！　胸を借りるつもりで行きますよ！　風《エアロ》よ――」

――速ッ。

デニーロが一歩で俺達の距離を詰《つ》めてくる。

さすが公爵家の騎士、それもサンサに直接鍛《きた》えられているだけはある。

風の魔法で追い風を生み出し、風の流れに乗ったみたいだ。

周りからはおおーって歓声《かんせい》が飛ぶ。

魔法に明るくない商人でも、デニーロがどれだけの使い手か理解したんだろう。

「デニーロ！　躱《かわ》されたぞ！　お得意の一撃だったのになあ！」

「折角の機会だ、デニーロ！　色々と試《ため》してみろよ！」

公爵家の騎士《きし》からもヤジが飛ぶ。
ヤジの内容も高度だ。クルッシュ魔法《まほう》学園の学生とは違う。
デニーロが何をしたか騎士達は正確に把握《はあく》しているな。
俺はデニーロが生み出した炎の刃《ブレイド》をいなしながら、後ろに下がる。
杖を剣《けん》に見立てて戦う技術、刃は魔法使いの力量によってどこまでも伸《の》びる。
「デニーロ！　若様に自分の魔法を利用されちまったなあ！」
「くっそ！」
デニーロが生み出した風に乗って、俺も移動する。
俺は利用出来るものは利用するスタイルなんだよ。
「……」
その時、僅《わず》かに嫌《いや》な予感。
舌打ちをしながらデニーロが微《かす》かに笑った気がしたんだ。
空を見上げる。晴天の下に何十本もの氷柱《つらら》。
先端《せんたん》が鋭利《えいり》に尖《とが》っていて、あれが刺《さ》さったら痛そうだな！
というか、氷柱は俺が下がる場所を正確に見据《みす》えていた。
うそだろ！　俺が誘《さそ》われたのか！

「泡沫《アフロース・ノヴァ》よ、凍れ」

「やば！」

間一髪《かんいっぱつ》でその場を回避《かいひ》。冷たい冷気が首筋を撫《な》でる。

さっきまで俺がいた場所を見れば、氷柱がぶっ刺さっていて、ぞわっとした。

「……さすがは若様です」

「いやいや、当たったら死ぬだろ！」

「公爵家の方はこれぐらいじゃ死にませんよ」

駄目《だめ》だ、デニーロもサンサの部隊に入ってすっかり染め上げられている。

サンサの方をちらりと見ると、悔《くや》し気に親指を噛んでいた。

あ、珍《めずら》しい。

あれはサンサが本気で悔しい時にやる癖《くせ》だ。もしかして、サンサが教えた技《わざ》か。

「スロウ様ー！　頑張《がんば》って下さい！　負けないでっ！」

野太い騎士達のヤジの中で、シャーロットの声も聞こえる。

元気百倍、やる気もみなぎって来た。

よーし。じゃあ、そろそろ決めるか。

デニーロが俺と再び距離を取る。今度は戦い方を変えるみたいだ。

へえ、これから使う魔法は……火と水の二重魔法《ダブルマジック》か。

残念だけどデニーロ、俺の目にはお前が何をしたいのか映っているぜ。

「デニーロ！　魔法を止めろッ！　スロウの魔法が来るぞ！」

慌《あわ》てたサンサの声。だけど、もう遅《おそ》い。

俺は既《すで》に魔法を放っている。

身体強化で有名な光の魔法だが、闇《やみ》の魔法と組み合わせるとこんなことも出来るんだぜ。

「……」

デニーロが虚《うつ》ろな顔で、ぼけっと突《つ》っ立っている。

これまでのびしっとした顔はどこにもない。

俺は余裕の表情で一歩一歩歩いていく。

「チェックメイト」

杖で、デニーロの身体をとんと押す。

するとあいつは目を覚ました。

「……え？」

「光と闇の二重魔法《ダブルマジック》、胡蝶之夢《レヴィフラム》。聞いたことはあるだろう？」

「いつの間に……参りました」

胡蝶之夢《レヴィフラム》は、相手の意識を飛ばす魔法。

高度な魔法を練りあげる瞬間《しゅんかん》は、誰《だれ》だって意識が魔法の構築に向かうもの。

失敗したら、昔ビジョンが二重魔法《ダブルマジック》を失敗した時のように魔法が暴発してしまうんだ。

だから、二重魔法《ダブルマジック》を使う時は注意が必要である。

もっとも、サンサには気付かれてしまったみたいだけど。

「やっぱり、スロウの若様は凄《すげ》えなあ！　あのデニーロが手も足も出ないとは！　恐《おそ》れ入った！　さすがはあのスロウ様だ！」

その日の夕食は、何故《なぜ》か大盛りだった。


さて、サンサから教えてもらった俺の従者交代の話。

サンサは公爵家の人間として理想に近い生き方をしているから、公爵家の人間に仕える専属従者としての在り方を持っているんだろうけど……それを俺達に押し付けるのはやめて欲しいところだなあ。

敢《あ》えて俺が聞こうとしなかった話に、今日シャーロットから切り込んだ。

「サンサ様があれだけ褒《ほ》めるんですから、きっと凄《すご》いお方なんでしょうね……」

新しい従者候補はクルッシュ魔法学園にいて、俺の帰りを待っているらしい。

馬車の中では、その子がどれだけ俺の従者に相応《ふさわ》しいかサンサは語り続けた。

サンサの語り口はこれまで俺の従者だったシャーロットに十分、配慮《はいりょ》するものだったからか、シャーロットは大きなショックは受けていないようだ。

——俺の従者候補の名前は、ミントって言うらしい。


しかし、あの厳しいサンサが太鼓判《たいこばん》を押す女の子はどんな人なんだろう……。

「あ、サンサ様だってニンジンこっそり除《よ》けてるじゃないですか！　俺に好き嫌《きら》いするなとか言ってそれはないですよ！　スロウの若様を見て下さいよ！　好き嫌いせずに食べてますよ！　というか十杯《ばい》目って若様、相変わらず過ぎませんかッ！」

ダリス帰還《きかん》への旅は、シューヤやアリシアと行った旅よりもずっと楽だった。

何でもかんでも、公爵家の騎士さん達がやってくれるからだ。

それに騎士達とサンサの絡《から》みも新鮮《しんせん》で面白《おもしろ》かった。

そしてダリス領に入って、俺は一つの違和感《いわかん》に気付いた。

サンサは俺と違って立場のある人間でとっても忙《いそが》しい。

ダリス領に入ったらすぐにサンサは馬車を降りていなくなると思ったのに、ずっと俺と同じ馬車に乗っているのである。

え……なんで？　俺がずっとサンサの顔を見つめていたからだろう。

「お前がミントを受け入れるのか、見届けるためだ。スロウ、お前は私がいなかったら適当なこと言って、ミントを公爵《こうしゃく》領地に追い返す気だろ」

……バレていたか。


クルッシュ魔法学園にまでサンサが付いてくる。

そんなの考えただけで、溜息《ためいき》が百回ぐらい出そうになるって。

クルッシュ魔法学園の男子生徒も、卒業後は一時的に軍隊に所属するものだって沢山《たくさん》いるんだ。サンサは、騎士国家の軍隊の中で最上位に位置する将軍だぞ？

はあ、大騒《おおさわ》ぎになるだろうな……サンサは人気者だから。

「……はいはい、分かったよ。好きにしてくれ」

だけどサンサの性格はよく知っている。

俺が嫌だと言っても、サンサは引き下がらないだろう。

サンサだけじゃなくて、俺の家族全員そうだ。我《が》が強い。

止《や》めろと言われて、素直《すなお》に引き下がるような可愛《かわい》い人はデニングにはいないのだ。

騎士国家の領内に入り、クルッシュ魔法学園に向かっている。

さすがに公爵家の領内に入ってしまうと、俺達の存在は嫌って程《ほど》目立ってしまう。

街道《かいどう》の脇《わき》に用意された休憩《きゅうけい》所でも、沢山の人に話しかけられた。

「まさかあの高名なサンサ・デニング様では!?」

もっぱら、サンサ・デニングと繋《つな》がりを持ちたい商人連中だったけど。

「うはは、若様はもっと嫌がると思っていましたが、意外と素直でしたなあ」

「俺が嫌だって言っても、サンサは絶対クルッシュ魔法学園にくるだろ……」

「サンサ様のことをよくご存じですな！　さすがサンサ様の弟君！」

「当たり前だろ、姉弟《きょうだい》なんだから……」


こうして、僧衣《そうい》を羽織るコクトウとも話す機会が増えた。

サンサを支える専属従者、これまで面と向かって話すことが無かったから新鮮だ。

大人気アニメ『シューヤ・マリオネット』の中では戦うシーンは殆《ほとん》ど無かったけど、こいつの実力がやばいって噂《うわさ》は至る所から聞こえてくる。

「まあ、サンサは俺がクルッシュ魔法学園に行くって決まった時も、羨《うらや》ましいって言ってたことがあるし、単純にどんな場所か興味あるんだろ」

「スロウ様の魔法学園行きが決まった時、サンサ様は陰《かげ》で若のことを大層、羨ましがっておりましたぞ？　サンサ様に青春なんてものはありませんでしたからなあ」

「それが公爵家デニングに生まれた者の生き方だろ、コクトウ」

さて、サンサ・デニング。その名前は他国にも知れ渡《わた》っている。

現に俺達が数日前まで滞在《たいざい》していたサーキスタの冒険《ぼうけん》者ギルド支部では怖《こわ》いもの知らずの高位冒険者達がサンサに腕試《うでだめ》しの挑戦《ちょうせん》を行い、ボッコボコにされていた。

「……」

デニーロを圧倒《あっとう》したことで、公爵家の騎士達とはさらに仲良くなれた気がした。

やっぱり武闘《ぶとう》派連中と仲良くするには、競《きそ》い合うのが一番だよ。

あれから何人かの騎士の相手をしたけど、負けることはなかった。

途中《とちゅう》からは絶対、サンサの入れ知恵《ぢえ》を受けただろって騎士の魔法もあったけど、誰からも一発も喰《く》らわずに済んだしな。

そのたびにサンサが悔しそうな顔をして、少しだけストレス解消だな。

「おい、スロウ！　あれがクルッシュ魔法学園《まほうがくえん》か……！」

「サンサ様！　危ないですぞ！　それにみっともない」

窓の外に身を乗り出して、サンサが大きく声を上げる。

俺にとっては見慣れた光景だけど、サンサの奴《やつ》には随分《ずいぶん》と新鮮に見えるようだ。

「コクトウ、これが興奮せずにいられるか！　クルッシュ魔法学園だぞ！　軍に入ってくる者達がどのような環境《かんきょう》で学んでいるのか、ずっと興味があったんだ！」

こうして、俺達は公爵家直系の有名人、サンサ・デニング。

そして数名の公爵家デニングの騎士《きし》を引き連れて、クルッシュ魔法学園に帰ってきた。


さて。俺の従者候補って奴はどんな人なのか。

正直楽しみな俺であった。

馬車を降りて長旅からやっと解放される。

俺達をサーキスタから引っ張ってくれた馬達もよく頑張ってくれたよ。

しばらくは清潔な馬小屋の中でゆっくりと休んでほしいところだ。

「ほら、シャーロット」

「……え。あ、ありがとうございます、スロウ様」

馬車から降りてくるシャーロットに手を差し出しながら、帰って来たクルッシュ魔法学園を見渡《みわた》す。再建時に大金を掛《か》けて、さらに綺麗《きれい》に整えられた庭園や噴水《ふんすい》。

なんか帰って来たって感じがするなあ。

「やっと帰って来たあ……」

「随分久しぶりな感じがしますね、スロウ様」

「サーキスタでは大変な目にあったからなあ……」

たった一か月、されど一か月だ。

それぐらいサーキスタ大迷宮《ダンジョン》への旅は、俺の記憶《きおく》にまだこびりついている。もう暫《しばら》くモンスターはいいです。お腹《なか》一杯で、迷宮《ダンジョン》って言葉も聞きたくない。スライムって単語も嫌《いや》だ。

「さて、スロウ。お前の新しい従者だがな――」

俺達に続いて馬車を降りてきたサンサ。

澄《す》ました顔で長い黒髪《くろかみ》をなびかせている。あいつ、さっきまでは馬車の中で、クルッシュ魔法学園だ！　ってはしゃいでいた癖《くせ》に、この変わりようだよ。

「えっと、サンサ。俺の新しい従者……じゃなくて、従者候補ってどこにいるの？」

「む……」

サンサの言葉を否定する。従者じゃなくて、まだ従者候補だからな。

従者と従者候補、その違《ちが》いは余りにもでかいんだ。

「ミントなら、もう男子寮《りょう》に待機させている。だが、到着《とうちゃく》の時刻は伝えていなかったからな。あいつのことだ。もしかすると朝から一日中、お前を待っていたかもしれないな」

「一日中ってさすがにそれはないだろ……」

あんまり気が進まないけれど、待たせっぱなしも申し訳ない。

いくかあ。

「デニーロ。あの趣味《しゅみ》の悪い銅像はなんだ？」

「サンサ様。趣味が悪いなんて言っちゃいけませんよ。あれはクルッシュ魔法学園の学園長を務めた歴代の方々の銅像ですよ」

「ふぅん。夜に見たら不気味そうだ」

「そういや、俺が学生だった頃《ころ》は夜に勝手に動き出すなんて噂もありましたよ」

「へえ……楽しそうだなあ。学園の噂かあ……」

おいサンサ。真面目な顔を取り繕《つくろ》ってる癖に、声に思いが出てるぞ。

まあ仕方がないのかもな。

俺達姉弟《きょうだい》の中で、一番学園生活ってものに憧《あこが》れていたのはサンサだろうから。

サンサがクルッシュ魔法学園出身の騎士達にあれこれ質問をしている。

答える騎士達もどことなく楽しそうだ。

対して俺はというと。

「ぶひ……」

「スロウ様、何だか小さくなってませんか？」

「べ、別にそんなことないけど……」

正直、割とびくびくしているさ。

学園に長期休暇《きゅうか》の届けは出していたけど、日数を大幅に超《こ》えてしまった。

俺は無断欠席したわけである。

「ほんとですか？　あ！　分かりました！　スロウ様、学園を無断欠席してたこと、気にしてるんですね！」

「ちょ、シャーロット。俺の気持ちをズバズバ見抜《みぬ》かないでよ……その通りだけど……」

ちょうと夕方頃。

学生達は授業を終えて、校舎から外に飛び出してくる頃合いだった。

紅色に染め上げられた公爵家デニングの外套《がいとう》を着た騎士達も一緒《いっしょ》にいるんだから、俺達の姿は割と目立つ。

しかも、一人は公爵家の中でもとびきり有名なサンサだ。

「大丈夫《だいじょうぶ》です、スロウ様！　安心してください！」

「なんで、安心出来るのさシャーロット……だって俺って有名人じゃん。無断欠席していたあのスロウ・デニングが帰ってきたーって大騒ぎになったりしないかな」

「ならないと思いますよ？」

「そ、そう？　ほんと？」

しかし、学園の中を歩けば分かった。

シャーロットの言う通り、俺の心配は杞憂《きゆう》だった。

だって学園の生徒が気にしているのは、俺じゃなくて――。

「おい……嘘《うそ》だろ、嘘だろ、嘘だろ！　あれ……サンサ様だ」

「夢でも見てるのか、どうしてサンサ様がこんな場所にっ――」

いやぁ、分かっていたけどさあ！

やっぱり注目は、俺の姉上であるサンサに集中していた。

サンサ・デニングがクルッシュ魔法学園にやってくる。

その情報はモロゾフ学園長にしか伝えていないってサンサは言っていた。

「どうして、サンサ将軍がクルッシュ魔法学園へお越《こ》しになられているのですかッ！」

特に効果が絶大だったのが、やけに体格の良い先輩方《せんぱいがた》。

恐《おそ》らくはクルッシュ魔法学園を卒業した後は、軍への入隊を希望している先輩方が俺達の目の前にやってくる。

しかも、最敬礼！　うわあ、懐《なつ》かしい。久しぶりに見たぞ、それ！

「私がクルッシュ魔法学園にいることが可笑《おか》しいか？」

ちょっぴり悲し気なサンサの声に、直立不動の上級生達が慌《あわ》てる。

「め、滅相《めっそう》もありません！　サンサ・デニング様！」

学園で一年間も生活していれば、名前を知らなくても生徒の生活態度とかは分かるもの。

サンサの姿を見て駆《か》け寄って来た先輩達はどっちかと言うと、普段《ふだん》はだらしがないのに、今は見たことのない表情で、うわ、滅茶苦茶《めちゃくちゃ》背筋真っすぐだなあ！

「もう少し楽にしていいぞ。苦しいだろ」

「毎日鍛《きた》えておりますからこれぐらいは全く問題ありません、サンサ様！」

その後は集まって来た先輩らによる長い口上が続く。

「サンサ様！　クルッシュ魔法学園に滞在中、学園に関して問題がありましたらすぐに私をお呼び下さい！　私の名前はバイデン・アイザック！　旧エーデル領の流れを汲《く》む軍属貴族でありまして──」

よっぽどサンサに名前を憶《おぼ》えて欲しいみたいだな。

俺は辟易《へきえき》とするけど、長々しい話を嫌な顔せず受けるサンサも凄《すご》い。

時折頷《うなず》き、お前の父親は知っているなんて声を掛けている。

「期待しているぞ、バイデン。私は用があるので、また後でな」

「は！　有難《ありがた》きお言葉であります、サンサ・デニング様！」

その後もひっきりなしに声を掛けてくる生徒をいなしながら、男子寮に向けて歩く。

しかしサンサの奴、凄かったな。

俺以外の公爵《こうしゃく》家の人間にとっては当たり前なんだろうけど、話しかけてくる生徒に対するサンサの対応。忘れていたけど、公爵家の名前の重さを思い知ったよ。

「スロウ、お前。もう少し真面目に話を聞いてやれないのか」

ほら、サンサの苦言。来ると思ったよ。

サンサは完璧《かんぺき》な軍人とか、聡明《そうめい》とかのイメージが強いけど、家族である俺はよく知っている。あれは仮面だ。元々のサンサは巷《ちまた》で知られている程《ほど》、大人びていない。

むしろ、誰《だれ》よりも子供っぽい。

今は公爵家の人間として正しく振《ふ》る舞《ま》っているだけで、実際はもっと抜けた性格だ。

「あれは軍の上にいるサンサ相手だから先輩も畏《かしこ》まってるんであってさ。俺なんか軍属志望の生徒には何とも思われてないって」

「スロウ。確かにお前は公爵家直系としては、外れた道を進んでいる。だが、未来は誰にだって分からない。お前がこの先、軍に入る可能性だってあるだろう」

「ない。絶対にない」

「……お前も今後は公爵家の人間として、相応《ふさわ》しい態度をだな」

その後もくどくどと続くサンサの説教。

説教が始まると長い、これがサンサの性格でもある。

そして俺はサンサの説教を受け流すことがとっても得意なのだ。

「……スロウ様、なんか新鮮《しんせん》ですっ」

「そ、そう？　……なにが？」

何故《なぜ》かシャーロットにはクスッて笑われる。なんでだ。

お、サンサの説教を受け流していると男子寮が遠くに見えてきた。

寮の入り口から出入りをする生徒の姿。

中には俺達の姿を見つけて、目を丸くする者もいた。

その中、直立不動の女の子の姿がとても目立っている。

「サンサ。もしかしてあの子が――」

「あれが、お前の新しい従者だ」


その子は男子寮の前に直立不動で立っていた。

俺達の登場にあわあわと、声には出さずともかなり緊張《きんちょう》しているみたいだ。

俺はどうしたらいいんだろ？

君を従者にするつもりはないけどよろしく、とか言えばいいかな。

悩《なや》んでいると、サンサが一歩だけ前に出て、

「ミント。こいつがスロウだ。挨拶《あいさつ》をしろ」

肩《かた》にかかるピンク色の髪《かみ》が風になびいて揺《ゆ》れていた。

ちびっ子だ。アリシアよりは少し高いか？

太ももを露《あら》わにしたショートパンツ、弓使いらしく実用性重視の軽い服装。近くで見ると全体的にふりふりとした服装を難なく着こなしているのは、本人のほわほわとした雰囲《ふんい》気《き》ゆえだろう。

「は、は、ははは初めまして、スロウ様！　み、み、ミントと申しますッ！」

多分、絶対にドジっ子だ。それだけは間違いないと思ったんだ。


ずっと学園をサボっていた俺が自分の家族を連れて学園に帰ってきた。

しかも、本物の公爵家直系として活躍《かつやく》している有名人を引き連れて。

誰だって一目見たいと思うだろう。

「見ろスロウ。何だか集まって来たぞ」

「当たり前だ。ここは貴族や平民が関係なく詰《つ》め込まれた魔法《まほう》学園。サンサ、お前自分がどれだけの有名人なのか分かってないのかよ！　ほら、話なら俺の部屋でも出来る。ここじゃなくて、俺の部屋に行こう。落ち着いて話もしたいからな」

俺達全員が男子寮《りょう》の前に入ると見世物状態になってしまう。

慌てて俺達は俺の部屋がある男子寮四階に向かうことになったのであった。

俺を先頭にズンズン階段を上っていく。

「なあ、スロウ。これが男子寮か。思っていたよりも造りは単純なんだな。はあ、なんだか緊張するなあ。この階はどうなってるんだ？　誰が住んでるんだ？」

なのにサンサの奴《やつ》、興味津々《きょうみしんしん》で階に上るとひょっこり廊下《ろうか》へ顔を出すんだ。

頼《たの》むから止《や》めてくれ！

「変なとこ見物してないで早く俺の部屋に行くぞ」

「なぁ、スロウ。この二階にはどんな者達が住んでるんだ」

物珍《ものめずら》しそうに廊下の向こうを眺《なが》めている。

部屋の一つ一つに誰が住んでいるのか気になっているみたいだけど、本当に勘弁《かんべん》。

サンサの後ろに続く紅色の外套を着たいかつい男達。

あいつらの姿を見て、二階の貴族生徒が騒《さわ》ぎ出すんだからさ！

「どうでもいいことに興味を持つなよ！　疑問なら後でいくらでも答えてやるから早く階段を上ってくれ！　サンサは目立つんだよ！」

「ちょっと待て、大事なことだろう。お前も大貴族に生まれついた人間としては社交性というものをだな。思い出した、この階からは貴族が住んでいるんだろう？　ちょっと挨拶でもしようか。スロウが迷惑《めいわく》を掛《か》けているだろうから」

「大人しく付いて来いって！」

俺はサンサの手を摑《つか》んで、上に引っ張り上げる。

あーもう！　だからサンサと一緒《いっしょ》に魔法学園に戻《もど》ってくるのがめちゃくちゃ嫌《いや》だったん

だよ。昔からこういう風に世話焼きなんだ。

「はあ、スロウ。お前は強引《ごういん》な奴だなあ」

「サンサ様！　こんなスロウ様、滅多《めった》に見られませんよ！」

「なんで楽しんでるのさ……シャーロット」

「だって、スロウ様がサンサ様を引っ張っていく姿なんてとっても久しぶりですから！　激レアです！」

「確かに、とっても久しぶりな気がする。スロウ、お前大きくなったな」

「ああもう、うるさい。やっぱりサンサ、お前は自分で歩いてくれ」

そんな俺と姉上の様子をシャーロットはなぜか面白《おもしろ》そうに見ている。

こんな場面を学園生徒に見られたらたまったもんじゃないよ。

俺のかっこよくてクールなイメージが壊《こわ》れてしまうだろ。

「ほう、ここがスロウが住んでいる四階か」

男子寮の四階、そこは貴族の中でも立場の強い上位貴族が住まう階。

ここから上は王族しかいない。

生憎《あいにく》、今のクルッシュ魔法学園に王族はいないから、五階に住んでいる者はいない。

「ここから先は家族の話になる。お前達はここで待て」

「は！」

公爵家の騎士《きし》達は廊下で待機。

といっても、そんなに物々しく立つなよ。紅色の外套《がいとう》を着た公爵家の騎士が数人もいると、高級感のある四階廊下が一気に戦場っぽくなってしまう。

部屋の中で重要な話し合いが行われるからそれを守る騎士みたいな……。

「す、スロウ様、じゃぁ私も廊下で待ってます」

急に遠慮《えんりょ》するシャーロット。

「なんでだよシャーロットも当然こっち側だって！」

「だって、家族水入らずのお話をされるんじゃ」

「シャーロットは俺にとって家族同然だ！　それに今からする話は、そこにいるミントの話だ。ミント、君も来るんだ」

俺とシャーロット、そして姉上であるサンサと従者コクトウ、そしてミント。

今まで俺はサンサから新しい従者候補について聞くことを出来るだけ避《さ》けていた。

だけど実際に俺の従者候補である彼女が、幻じゃなくて実際に現れてしまったのだから、話を聞かないと失礼だろうさ。そして部屋に入ると、

「うわぁぁあああああ！」

「す、スロウ様！　どうしたんですか　モンスターでもいましたか⁉」

「シャーロット、モンスターの話は暫《しばら》く無しって言ったよね⁉」

「あ、ごめんなさい、スロウ様！　……それで、どうしたんですか？　オークでも紛《まぎ》れ込んでいましたか……？」

「何がどうしたら俺の部屋がこんな滅茶苦茶《めちゃくちゃ》になるんだよ！」

部屋の中があまりにもの惨状《さんじょう》だったからだ。

まるで台風が過ぎ去ったかのような状態。

荷物がごちゃごちゃになっていた。いやー確かにサーキスタの大迷宮《ダンジョン》に向かうにあたって物を出しっぱなしにしたけど、ここまで汚《よご》してはいなかった筈《はず》。

「もしかして、俺のいない間に盗賊《とうぞく》でも部屋に入ったのか⁉　シャーロット、今すぐに寮母《りょうぼ》に連絡《れんらく》してくれ！　俺の部屋に忍《しの》び込むなんて良い度胸だ……」

「わ、分かりましたスロウ様ッ」

慌《あわ》ててシャーロットが部屋から出ていこうとするときに、大声があがる。

「こ、ごめんなさい！　私が掃除《そうじ》しようとして、やっちゃいました！」

……や、やっちゃった？　何を？　それより今のは……。

俺の視線の先は、今や廊下でサンサの後ろ、小さくなっている彼女。

俺の姉が用意した従者候補、ミントだった。

「あー……スロウ。先に言っておくが、ミントはたまにやっちゃうことがあるが、欠点を補うぐらいの長所を持っている。お前が失望する前に、先に言っておく」

サンサ。それ、全然フォローになってないから。

「ご、ごめんなさい！　あの、これは！　若様の部屋に入ったら、服が沢山《たくさん》あったので掃除しようとしたら、わけが分からないことになっちゃって……」

「ちょっと待ってくれ。それより、どうやって俺の部屋に入ったの？」

「入り口で鍵《かぎ》を借りて……」

おずおずとミントは手を上げて答える。

その姿はなんか、教師に叱《しか》られて身体《からだ》をぎゅっとする新入生みたいだ。

第二印象は正直な子。

ていうか、俺が気の弱い女の子を虐《いじ》めている悪者みたいに見えるのは何で？

「おい、サンサ……俺の部屋はフリーパスか？」

自然と俺の視線は彼女を推薦《すいせん》したサンサに向かう。

ミントはたまにやらかすらしい。

うん。サンサが言うなら間違いないんだろう。

だけど、勝手に部屋に入られるのは凄《すご》く困る。

「ミントは……スロウを綺麗《きれい》な部屋で出迎《でむか》えようとしたんだろう」

「この部屋の惨状を見て、出てくる台詞《せりふ》がそれかよ」

これだから公爵《こうしゃく》家の脳筋連中は嫌《きら》いだ。

「あの……若様、私はもう従者として失格ですか？」

「失格。だって君に部屋に入っていいよなんて許可出してないし」

「……はわわ。サンサ様、私。失格になっちゃいました……！　ごめんなさい、ごめんなさい、またやっちゃいました……！」

でも、これで彼女を諦《あきら》めさせる良い理由が出来た。

俺の許可無く部屋に入るとか従者として一発アウトだろ。まだ仲良くなってないし。ミントには悪いけど、やっぱりこの件はしっかり断った方がいいな。

「そういうことだから、サンサ。この子は公爵領地に送り返して――」

「ちょっと待てくださいスロウ様！」

「え？」

「これだけで判断するのはまだ早いと思います！」

俺の発言に待ったをかけたのは、まさかまさかのシャーロットであった。

「……え？　え？　シャーロット、どうして？」

「だってスロウ様、私達、ミントちゃんの良い所をまだ見てませんから！　サンサ様が推薦するってことは、それだけミントちゃんが従者として優《すぐ》れているって証《あかし》ですから！」

「いや、それは……そうかもしれないけど……」

俺の頭の中に混乱が浮《う》かぶ。

どうしてシャーロットがそっち側なんだよ！

「ミントが俺の従者になったら……俺達がどうなるか分かってるよね……？」

「それとこれとは話が全く別ですから！」

シャーロットも分かっている筈だ。


ミントが俺の従者になったら、シャーロットの立場が奪《うば》われてしまう。

だからシャーロットには俺と一緒に反対の態度を取ってもらわないと困る！

なのに、どうしてミントの肩《かた》を持つようなことを！

「スロウ。えーっと、そろそろお前の部屋に入ってもいいか？」

ワクワクした顔でサンサが言う。

男子寮の部屋。好奇心《こうきしん》が抑《おさ》えられないようだ。

その表情はとても公爵家直系であり、高い地位の将軍様とは思えなかった。

俺はサンサ達を部屋の中に案内する。

足元に出しっぱなしな俺の教科書やぐちゃぐちゃになった服を避《よ》けながら。

「部屋の探索《たんさく》は後にしろよ。まずはミントについて説明をしっかりとしてもらう」

「そんな……そんなのいつだって出来るだろ」

「俺の部屋の探索だっていつでも出来る。サンサ、これは譲《ゆず》れない」

「く、くそ。分かった。今だけだぞ」

何が今だけなんだよ。

優先順位が可笑《おか》しいだろ。

俺の部屋探検よりも、俺の従者交代の方がよっぽど重たい筈だ。

間違《まちが》ってるのは俺か??

リビングの真ん中にどっかんと置いてある黒机の周りに集まって、サンサ達に席へ座るよう促《うなが》した。

「父上から見所があるから、鍛《きた》えてやれとミントを頼《たの》まれてな。最初はミントを公爵領地を守る騎士に仕立てようとしたんだが、戦場を連れまわすと戦果を幾《いく》つも挙げた。ただの騎士にするには勿体《もったい》ないと思ったわけだ」

「そんなサンサ様！　私が若様の従者なんて恐《おそ》れ多いです……」

「……おい、サンサ。父上から頼まれたって部分を詳《くわ》しく」

「詳しくも何もそれだけだ。暑い夏の早朝だったとか、そういう話を聞きたいのか？」

「いや、やっぱりいい。続けてくれ」

父上から鍛えるよう頼まれたって、この子を？

ミントは見るからに普通の娘で、戦場に連れていくなんてとんでもない。

だけど、わざわざあの父上が彼女をサンサに預けたって所に引っ掛《か》かりを覚えたんだ。

「無論、最初からスロウの従者にしようなんて考えてはいなかった。が……スロウ。お前もいつまでもクルッシュ魔法《まほう》学園にいるわけにはいかないだろう。これを機会に公爵家の人間としてしっかり将来を見据《みす》え、力のあるミントを従者にすることもありなんじゃないかと……ミントがいれば戦場ではとても楽になる」

「サンサ。お前が一から鍛え上げたのか？」

「私も暇《ひま》じゃない。ミントには私が作り上げた訓練計画を元にだな……」

「ふうん」

まあ、父上がサンサに鍛えさせるぐらいだ。

相応の見込みはあるんだろう。

シルバの才能を理解したのも、公爵家の中じゃ俺に次いで父上だったからな。

「ていうか、サンサ。俺の部屋を見ながらじゃなくて、もっと真面目に話せ」

「……若様。こんな童心に返ったサンサ様が見られるのは貴重ですぞ？」

コクトウは笑いを堪《こら》え切れないといった感じだ。

そりゃあ、分かるよ。

サンサは真面目一辺倒《いっぺんとう》だ。

昔から融通《ゆうずう》が利《き》かなくて、だけど学生生活に憧《あこが》れるような普通《ふつう》の感覚も持っていた。

俺の姉弟《きょうだい》、公爵家直系の中じゃまともな感性を持っている。

「サンサ。ミントが強いってどれぐらいだ。王室騎士《ロイヤルナイト》ぐらいか？」

俺の中で王室騎士《ロイヤルナイト》ってのは力を計るいい物差し。

あいつら騎士《きし》団としては滅茶苦茶強いんだけど、個人になるとそこそこだからなあ。

元王室騎士《ロイヤルナイト》のロコモコ先生に頭の中で謝っておく。

「並の王室騎士《ロイヤルナイト》よりは上だな。スロウ、お前が苦戦したサーキスタ大迷宮《ダンジョン》の龍人《りゅうじん》なら一対一、恐らく返り討《う》ちにできる位には強いぞ」

「……さすがに冗談《じょうだん》だろ。サンサ、龍人がどんなモンスターなのか知ってるのかよ」

俺がサーキスタ大迷宮《ダンジョン》で出会ったあの龍人に、このミントが勝てる？

冗談だろ？

今はニコニコして、こっちを見ている。

あ、目が合ったらにこってしてくれた。くそ、可愛《かわい》いなあ。

「えーと、ミント？　今の話、どこまでが本当？」

俺の問いかけに何も答えずに、ただニコニコとした笑《え》みを俺に向けたのであった。

「二人には、少し、競《きそ》ってもらおうと考えている。これから先、父上の来訪に向けてな。元々、スロウの新しい従者候補の話を持ち出したのは父上だからな」

「さ、サンサ。今、何て言った？」

ありえない言葉が聞こえた気がして……確認《かくにん》する。

「父上の来訪に向けて、と言ったんだ」

「父上も来る？　ここに？　はは、あり得ない」

はいはい夢だろ、これ。

だって、この騎士国家で最も忙《いそが》しい人間と言われている俺の父親。

公爵家デニングの現当主であるバルデロイ・デニングが魔法学園にやってくる？

「シャーロットがお前の従者に相応《ふさわ》しいか、相応しくないか。最終的に御父上《おちちうえ》に判断を下して頂く。私の役目は、御父上が判断するための材料を提供することだ」

二章　新しい従者

夢であって欲しい。頼む、お願いだ。

俺は夢から覚めるために、自分の頰《ほお》を割と強めに引っ張った。

だけど残念ながら、普通に痛くて涙《なみだ》が出た。くそう。

何度もサンサに確認した。けれど、あいつは真剣《しんけん》な顔で父上がその内、この学園にやってくるとしか教えてくれなかった。あのクソ忙しいおっさんが？

ただ俺の従者を決めるためにクルッシュ魔法学園に滞在《たいざい》する？

はあ？　それってどんな冗談だよ。絶対にあり得ないと断言出来る。

「スロウ様、顔色がとても悪いんですけどどうしましたか？　賞味期限切れのパンでも食べましたか？」

「……嫌《いや》な夢を見たんだよ」

「ゆめ？　スロウ様でも夢を見るんですね」

「ビジョン、お前は俺のことを何だと思ってるんだ。……ほら、口を動かすよりも手を動かせよ。自習だからってサボっていいわけじゃないぞ？」

突然《とつぜん》、授業が自習になった。

自習時間として、大量の課題が与えられ教室の大多数が頭を悩《なや》ませている。

俺はすぐに解き終わったけど。

てか、学園を守った俺の威厳《いげん》はどこに行った。

「スロウ様だってぼんやりしていたじゃないですか」

「俺はもう解き終わったんだよ。それよりビジョン……お前、俺の父上が学園に来るって聞いたらどう思う？」

隣《となり》でみんなと同じように、ぶつぶつ計算問題を解いていたビジョンに話しかける。

こいつは魔法演習の成績はそこそこいいが、こういう算術系は苦手だ。

「デニング公爵《こうしゃく》様ですか？　そんなの天地がひっくり返ってもあり得ないですね」

あいつは手をひらひらとさせて言った。

「このクルッシュ魔法学園を戦場にするつもりですかって話です」

「だよなあ」

俺の父上は誰《だれ》よりもこの国の民《たみ》のために尽《つ》くしている。

公爵家の当主として、現在進行形で人生を民に捧《ささ》げているんだ。

「スロウ様、顔色が悪いですよ？　医務室に行ったほうがいいんじゃないですか？」

「そこまで重症《じゅうしょう》じゃないって。ほら、喋《しゃべ》るより手を動かせよ」

「……スロウ様が喋りかけてきたんじゃないですか」

公爵家の当主は敵が多い。

バルデロイ・デニングいる所、血の雨が降るなんて通説が流れるくらいにな。

あの人が来るって話が広がったら、この学園にいる平民の中には逃《に》げ出す者も出てくるだろう。まだサンサは父上来訪の話を学園に広める気はないようだが……。

俺、逃げ出してもいいかな？

「スロウ様、何、外見てるんですか。そろそろ次の授業に向かいますよ」

「うっせ。分かった、行くよ」

父上との相性《あいしょう》、悪いんだよなあ。

いや、俺だけじゃないか。俺の姉弟《きょうだい》、全員が父上を尊敬しているけど苦手としている。

それはあのサンサも例外じゃない。

「そういえばスロウ様。最近、よく一緒《いっしょ》にいるピンクの髪《かみ》をした女の子は誰ですか？」

「ああ、ミントか。あの子は俺の新しい従者候補だよ」

「へ？　従者候補？　スロウ様にはシャーロットさんがいるじゃないですか」

「シャーロットが俺の従者として相応しいのかって疑問視している奴《やつ》がいてな。強さ的な意味でだけど」

「でも、あのピンク髪の子、平民ですよね？　まさかあんな可愛い顔してるのにとんでもない実力の持ち主ってことですか？」

らしい、と呟《つぶや》くとビジョンは青ざめた。

何せ、あのサンサが従者として推薦《すいせん》してくるぐらいだからな。

最終的に俺が認めるって自信はあるんだろう。

姉上、サンサ・デニングによる俺の従者、選抜《せんばつ》試験。

サンサの考えによると公爵家の従者として一番に必要な能力は、危機を察知する能力だという。俺達公爵家の人間はいつだって狙《ねら》われているから、傍《そば》にいる従者は何があっても主人を守り切る力が必要だと言っていた。

分からんことはないけど。

「スロウ様、が、頑張《がんば》ります！」

「若様！　今日はよろしくお願いしますッ！」

シャーロットもミントも緊張《きんちょう》気味。

ミントは俺の部屋を滅茶苦茶《めちゃくちゃ》にしてしまった負い目もあるんだろうけど、ガチガチだ。

よし、ここは俺が二人の緊張をほぐしてあげないとな？

「サンサ達も本気で襲《おそ》ってくるわけじゃないし、二人ともリラックス、リラックス。そう言えば、ミントってどこ出身なの？」

「えっと私は……」

授業中を除いた纏《まと》まった時間。

二人はできるだけ俺の近くにいて、サンサ達の奇襲《きしゅう》から俺を守るらしい。

でも実際にあいつらが攻撃《こうげき》を仕《し》掛《か》けてくるわけじゃない。

あくまで攻撃を行う予備動作まで。

だから必要以上に気負う必要なんてない――と思っていた。

「ミントはさあ、サンサに強要されてるんじゃない？　俺の従者になったっていいことないよ？　苦労ばっかり掛けられて、見返りなんてないに等しいし」

「見返りなんて、そんな。国のために尽くしておられる皆様《みなさま》の傍に――」

「そんな教科書みたいな言葉じゃなくて、君の本心が聞きたいんだけどな」

一つ気になっていることがある。

俺の従者になるってのがミントの意思なのかどうかだ。

今日一日、ミントの姿を学園で何度か見たよ。あの子はもう公爵家の関係者ってことが知られているから、生徒に余所余所《よそよそ》しい目で見られていた。

どこか居心地《いごこち》の悪そうなミントに俺は心が痛んだよ。

「……」

これってもしかしてあれじゃない？

サンサからは俺の従者候補なんて言われていたけれど、当の本人は納得《なっとく》していないんじゃないか？

公爵家の専属従者なんてブラックもいい所だからな。

だって、まず長生き出来ない。俺の父上の専属従者なんてもう何人目だ？

でも、すぐに理解する。

俺は君を舐《な》めていた。

サンサが推薦した女の子、普通《ふつう》じゃないことは分かっていたのに。

「若、ご容赦《ようしゃ》を」

何気なく放課後の学園を歩いていると、俺の左側を守っていたミントが俺の腕《うで》を取った。

「来ます」

「え？」

華奢《きゃしゃ》な身体《からだ》からは信じられない力。

そちらに気を取られると、ミントに足を払《はら》われた。足払いだ。

ふらっと足が地面から離《はな》れて、顔が自然と上を向いた。

俺の顔があった場所に、突《つ》き出された誰かの太い拳《こぶし》。

風圧に、目を瞑《つぶ》ってしまう。

「え？」

どしんと俺の尻《しり》が地面に激突《げきとつ》。そして俺はその男を見上げる構図になった。

「若」

僧衣《そうい》を着た大柄《おおがら》の男。

「ミントがいなければ、死んでおりましたぞ」

サンサの専属従者、コクトウ。

北方の鬼人《きじん》と呼ばれた男が、校舎の屋上から飛び降りてきたのだ。

そして、俺はこいつの攻撃に気付けなかったんだ。

「……コクトウ。今、俺を本気で殺す気だったろ」

クルッシュ魔法《まほう》学園は今、俺の姉上であるサンサに夢中。

この騎士《きし》国家の軍属のトップに位置するサンサに気に入られようと、男子学生がサンサが立ち寄りそうな場所に偶然《ぐうぜん》を装《よそお》って居合わせたり、女子学生が女性でありながら軍部で生き抜《ぬ》いているサンサを称《たた》えたり、誰もがあいつの一挙一動に気を配っている。

でも、サンサが俺を虐《いじ》めているなんて誰も知らないんだよな。

「あいたたた……」

俺は今、自分の部屋で、シャーロットから傷の手当を受けていた。

別に魔法で治せばいいんだけど、これも立派なシャーロットとの時間だからさ。

「スロウ様、私が従者として相応《ふさわ》しくないからボロボロになっちゃいましたね。ごめんなさい、私が全然役に立たなくて……」

「シャーロットのせいじゃないよ。俺もまさかコクトウの奴が本気で狙ってくるなんて思わなかったし」

襲い掛かってくるサンサの従者であるコクトウ。

あいつから俺を守り抜けなんて、シャーロットには悪いけど不可能だろう。

あいつの力量は公爵家の中でも群を抜いている。

それを戦いが苦手なシャーロットに何とかしろって無茶すぎる。

俺は反撃せず従者に身を任せるって話になってるから、俺の身体はボロボロだ。

「あいたっ」

「ごめんなさい！　スロウ様、沁《し》みました？」

「だ、大丈夫《だいじょうぶ》ぶひ」

俺の従者として、シャーロットが相応しいのか。

今更《いまさら》、そこをほじくり返すのってナンセンスじゃない？

だって俺自身が自分の従者にシャーロットを指名しているんだから。

でも、シャーロットの存在に納得いかない奴等が公爵家の中にはいるみたいだ。

サンサだけの考えとも思えないし、そこにはきっと父上の意思も入っているんだろう。

皮肉なもんだよな。俺が真っ黒豚公爵《ぶたこうしゃく》の時みたいに誰からも期待されない存在だった時は文句の一つも言われなかったのにさ。

ちょっと立派になってしまえばすぐにいちゃもんつけてくる奴等がいるんだから。

「でも、コクトウ様ってあんなに強かったんですね……」

「あいつは特別。サンサが戦場で上げた武功の大半はコクトウのお陰《かげ》って言っても嘘《うそ》じゃないし。だけど、ここまで本気でやる奴がいるかよ。ミントがいなかったら、全治一か月とかだったぞ……」

「そうですね……ミントちゃん、凄《すご》かったです」

そう、圧巻だったのは彼女だ。

今日だけでコクトウの攻撃から彼女に何度助けられたか分からない。

彼女がいなかったら、俺はしばらく医務室の中で過ごすことになっていただろう。

あの子は、未来が見えているのか？

って、ぐらいコクトウの襲撃《しゅうげき》を察知するのがうまいんだよ。

改めてお礼を言いたかったけど、今は俺達に気を遣《つか》ってか部屋の外で待っている。

「シャーロット。あの子、本当に何者なんだろうね」

父上がサンサに預けた逸材《いつざい》。

一体、父上はあの子をどこで拾ったんだろう。


「……納得いかないなぁ。なんでサンサがあんな早くに人気者になってるんだよ」

しかも今日は有志の学生が集まってサンサの歓迎会《かんげいかい》をするらしい。

当然俺は呼ばれていない。

サンサは今頃《いまごろ》、数十人の生徒に囲まれて楽しいパーティだ。

ぐぬぬ、サンサの奴。魔法学園の生活に興味津々《きょうみしんしん》だったから色々聞いてるんだろうな。

もしかしたら俺の学園生活とかも聞いてるかもしれない。

……なんだか家族に直接知られるって思ったら恥《は》ずかしくなってしまう。

「あ！　スロウ様、こぼしてますから！」

「え……うわ、やっちゃった！　メイドさーん、何か拭《ふ》く物ちょうだい！」

今日は閑散《かんさん》とした夜の食堂で二人きりの時間を過ごしている。

食べ物をこぼすなんて、何年振《ぶ》りだ？　急いで二人で机を拭き拭きし、シャーロットがこっそり厨房《ちゅうぼう》から貰《もら》ってきた蜂蜜漬《はちみつづ》けの甘いお菓子《かし》を堪能《たんのう》していると。

「スロウ様、ミントちゃんの様子はどうですか？」

俺の従者候補として、突然《とつぜん》学園に送り込まれた彼女の話題へ。

コクトウの攻撃から俺を守った初日、あれから数日経っても同様に活躍中だ。

「何とも言えないなあ。どう見てもあの子、本心を明かしていない気がするし……それよりシャーロットの方はどうなの？　今日一日あの子と一緒《いっしょ》にいたみたいだけど」

授業と授業の間の時間や昼休みなんかで、ミントと連れ立って歩くシャーロットの姿を何度も見た。

「ミントちゃんが学園を案内してほしいって言うので、色んな場所に連れて行きました。それでですね……スロウ様、驚《おどろ》かないでください」

「う、うん……」

「ミントちゃん、凄いです。私が教えるよりも先に秘密の抜け道、三つも見つけました」

……まあ、確かに凄いかもしれないけど。このクルッシュ魔法学園にやってきて一年以上が経《た》つ俺でも、まだ学園の全容を把握《はあく》出来ていないんだから。

今日はコクトウの襲撃を警戒《けいかい》する余り、あの子と話をする時間もなかった。

明日はミントと腹を割って、話をしよう。

俺の従者になりたい理由は当然として、どうやって父上と知り合ったのかとか、聞きたいことは山ほどあるからな。

公爵家は人材の宝庫だと言われていて、年がら年中、俺達の役に立ちたいって言う若者が集まってくる。それは剣術《けんじゅつ》や魔法に自信のある貴族だけじゃなくて、平民もいる。

だけど、ミント。

あの子は自分から公爵家の門を叩《たた》くような女の子には到底《とうてい》、見えなかった。

「よお、デニング。お前、また物騒《ぶっそう》なことをしているみたいだな。見ろよ、お前の周りだけがらんとしてるぜ？」

そう言って俺の目の前に昼飯が載《の》ったお盆《ぼん》を置いたのは黒いアフロのふざけた先生。

この人が食堂にやってくるなんて珍《めずら》しい。

大体、教師連中は昔の俺みたいに自分の部屋まで食事を届けさせているからな。

ロコモコ先生が俺の前にどっしりと座る。

「公爵家に生まれた人間ってのは大変だな？　同情するぜ、デニング。お前の従者が替《か》わるかもしれないって噂を聞いたぞ」

「……」

「前から思っていたがな、あの子は戦う者じゃない。俺はどっちかと言えば、サンサ・デニングの考えに賛成なんだが」

「言われなくても、分かってますよ。シャーロットは武闘《ぶとう》派じゃない」

「一年生の頃《ころ》のお前なら、公爵家からの指示なんて無視するだけだっただろ？　何なら公爵家としての立場すら捨ててやるって心境だと思ってたんだけどな。今のお前は違《ちが》うらしい。どんな心境の変化だ？」

確かにそうだ。

昔の俺だったら、シャーロットと離れ離れになるぐらいなら公爵家を捨てていただろう。

だけど、あの頃の俺と今の俺はちょっとだけ違う。

「ロコモコ先生、何を言いにきたんですか」

「デニング、その様子じゃお前知らねえんだな」

「何がですか？」

すると、ロコモコ先生が身を乗り出して、俺の耳元で小声で囁《ささや》いた。

「お前の父親が遠征《えんせい》先で賊《ぞく》に襲《おそ》われた。相当な重傷だって、話だぞ――」

それは、思わずフォークを落とすぐらいの衝撃《しょうげき》だった。


ロコモコ先生が適当な話をするとは思えなかった。

この人は確実な情報がないと動かない。アニメの中でも、ロコモコ先生は重要な情報を独自で集めていた。大半の出どころは、モロゾフ学園長だろうけどさ。

ロコモコ先生は、モロゾフ学園長の考えを実行する役割も担っているんだ。

でも、公爵家の当主に関する話題を俺に出すなんて。しかもかなりホットな話だ。

「ロコモコ先生！　今の話って――」

「おーい、デニング。席を立つのは、全部食べてからにしろよー？　ほら。お前が急に立ち上がるから人目を集めちまうじゃねえか。当然、聞かれたくねえ話だろ？」

「っ。急にとんでもないことを言い出したのは先生のほうじゃないですか」

公爵家、それはこの騎士国家ダリスの中で特別な意味を持っている。

規模も領地も、国家に対する貢献《こうけん》も他の貴族の追随《ついずい》を許さない。

デニングは、名実ともに騎士国家の大貴族であり、数ある小国を凌駕《りょうが》する軍勢を独自に所有している。そんな公爵家の中で最も偉《えら》い人間が、俺の父上だ。

「あの公爵ならそういう可能性があることはこの国の人間なら誰《だれ》でも知ってるからな」

ロコモコ先生の言う通り、公爵家には敵が多い。

俺達を憎《にく》んでいるのは国外だけじゃなく、国内の貴族にも多いんだ。

護国を貫《つらぬ》くデニング公爵家。表には出せない闇《やみ》の仕事だって俺達の仕事だ。

「お前の姉であるサンサ・デニング。あのクソ忙《いそが》しい公爵家の人間がこのクルッシュ魔法学園に日程も未定で滞在《たいざい》し続けているこの状況《じょうきょう》は普通《ふつう》じゃねえよ。お前は家族だから感覚が麻痺《まひ》しているのかもしれないが、俺は元王室騎士《ロイヤルナイト》として学園の外の世界の事情もよく知っている。これはな、有り得ないことなんだ」

「それは……」

「お前の従者が相応しい、相応しくないって公爵家の事情も分かるけどな、それがサンサ・デニングの貴重な時間と同等の価値があるとは思わねえ。デニング、お前も可笑《おか》しいと思わなかったのか？　お前の姉は将軍だぞ？　帝国《ていこく》との関係がどうなるとも分からねえこの時期に、くそ忙しいサンサ・デニングが呑気《のんき》に学園滞在だと？」

思わず、納得《なっとく》してしまった。

俺はどうしてもサンサのことを昔から知っている家族としての目で見てしまう。

だけど、サンサはもう昔のあいつとは違うんだ。

あいつは既《すで》に国を引っ張っている軍人で、あいつのためなら命を捨てても惜《お》しくないって思ってる部下が大勢いる。

「それになデニング。お前の父親が襲われたのは、ここ最近の話じゃねえんだ。なのに、あのバルデロイ・デニングが襲撃者にお返しの一つもしていないって話だ」

「え。それは妙《みょう》な話ですね……」

俺が知っている父上なら、攻撃《こうげき》を受ければ即座《そくざ》に反撃をする。

そしてここで問題なのが、バルデロイ・デニングという男が行う報復が他国にも知られるぐらい徹底的《てっていてき》なことだ。

「俺はな公爵家の奴等《やつら》がこの学園を使って何かとんでもないことをやるつもりなんじゃないかと思ってな——正直、不安だ」

「シャーロットー！　シャーロット、どこだー！　どこにいるー！」

午後の授業をすっ飛ばしてシャーロットの姿を探した。探し回った。

ロコモコ先生と俺の意見は一致《いっち》した。何かが可笑しい。

父上が襲われ、忙しいサンサがクルッシュ魔法《まほう》学園に滞在中。

サンサの滞在日程は未定、そして父上が襲撃者への報復もせずに大人しくしている。

さらに、これはロコモコ先生も知らない話だけど……父上は魔法学園にやってくるのだ。

ロコモコ先生の予想は当たっているのである。

「スロウ様！　授業はどうしたんですか、さぼったことがサンサ様にばれたら――！」

シャーロットはメイドに交じってミントに洗濯《せんたく》のやり方を教えていた。

聞いてみると、ミントが俺の従者になったとき、洗濯の一つも出来なかったら困るだろうって親切心らしい。

ミントの役割は専属従者として俺と一緒に戦うことだ。だけどミントは特に異論を出すこともなく、素直《すなお》にシャーロットの話を聞いていたみたいで……。

二人の相性《あいしょう》は意外と悪くないらしい。

輪の中からシャーロットを連れだすと、俺のただならぬ雰囲気《ふんいき》を察したのかミントもついてきた。

まあ、ミントも公爵《こうしゃく》家の関係者だ。それも公爵家直系である俺の専属従者候補、公爵家の中でもかなり深い所に食い込もうとしている人間である。

聞かれたって構うものか。

「緊急《きんきゅう》事態だ、父上が――」

「公爵様がどうされたんですか？」

シャーロットに父上が襲われたことを話すと、先に反応したのはミントだった。

「若様、その話をどこでお聞きになったのですか」

「ミント、もしかして知っていたのか」

「……」

俺の父上が襲われたっていうのは、かなりのビッグニュースだと思う。

なのに、サンサが送り込んできた俺の新しい従者候補は顔色一つ変えていない。

対照的なのはシャーロットだ。びっくりして、言葉も出ないらしい。

「若様もご存じの通り、公爵家は敵が多い。公爵様が襲われることは、よくあります」

「よくあって、公爵家はそんじょそこらの貴族とは違う。うちの人間を襲うってことは……それはもう戦争だ。ミント、知っているなら教えてくれ。一体、誰の仕業《しわざ》だ」

「公爵様は無事です。手傷を負いましたが、日常生活に影響《えいきょう》を与《あた》えるほどではありません」

裏の世界では、俺達公爵家関係者の首には高値がついている。

だから女王陛下と同じように、公爵家の当主である父上には常に腕利《うでき》きの護衛が数人付いていた筈《はず》だ。なのに今回、父上を襲った賊は、護衛達を突破《とっぱ》したということだ。

それってつまり、尋常《じんじょう》じゃない。

俺はまだ現実が呑《の》み込めていないシャーロットの手を取る。

事態は切迫《せっぱく》していた。

「シャーロット、今すぐに学園から逃《に》げよう――ここは、戦場になる」

俺の勘《かん》が言っていた。

バルデロイ・デニングは、このクルッシュ魔法学園を、報復の戦場として考えている。

「せ、戦場って」

「自分の父親だ、俺はあの男の考えをよく知っている」

「公爵様はちょっと変わった人ですけど、無茶なことはしませんよ？」

「無茶ばっかりだって……ていうか、無茶苦茶な奴じゃないと公爵家の当主なんて務まらない。俺は密《ひそ》かにあの人は心臓が二つあるんじゃないかって疑ってる。シャーロットも俺の父親がどんな人間かは知ってるでしょ？　父上なら危険な奴等をこの魔法学園に連れてくるぐらい朝飯前だよ」

バルデロイ・デニング。

戦場こそが自分の生きる世界だと信じて疑わない男。

国のために全てを捧《ささ》げ、女王陛下やマルディーニ枢機卿《すうききょう》とはまた違うタイプの愛国者だ。

「……スロウ様の言う通りなら、公爵様はきっとスロウ様に期待しているんだなって気がします」

お、俺に期待？

……確かに父上は昔から俺に期待していた。期待し過ぎていたと言ってもいい。

本来は公爵家当主なんて立場、簡単に決めていいものじゃない。

だけど、俺が真っ黒豚公爵《ぶたこうしゃく》になるまでは、スロウ・デニングが公爵家の次期当主ってのは確定路線だった。

「公爵様は昔からスロウ様を溺愛《できあい》していたじゃないですか。今は公爵家の次期当主って期待されている方々がサンサ様を中心に何人もいますけど、昔はスロウ様一人だけ。今のスロウ様を見て、きっと公爵様も嬉《うれ》しがってると思います」

「それで敵をこの魔法学園に連れてくるって、愛情歪《ゆが》み過ぎだと思うんだけど」

「それは……公爵様なりの愛情表現というか……」

まあ、俺は危険極《きわ》まりない公爵家当主になって、シャーロットと離《はな》れ離《ばな》れになることが嫌《いや》で堪《たま》らなかったし、今でも公爵家当主になるつもりなんて一切《いっさい》ないけどな。

「ほらスロウ様！　元気出してください！　いつものスロウ様らしくないですよ！」

むぎゅっと、両頬《りょうほお》を触《さわ》られる。

シャーロットがすぐそこに。

新雪のような白い髪《かみ》、感情がよく分かる大きな瞳《ひとみ》。そして俺の顔が赤くなる。

「まだ公爵様が危ない人たちを連れてやってくるって決まったわけじゃないですし、もしかしたらスロウ様の様子を見に来るだけかもしれないじゃないですか！　怪我《けが》していたなら、ちょっとお休みしようって思ってるだけかもしれませんし！　私も、スロウ様の従者として相応《ふさわ》しいと思われるように頑張《がんば》らないと！」

はあ。

笑顔《えがお》で俺を見つめるシャーロットを見ていると、俺の悩《なや》みなんて軽く吹《ふ》っ飛んでしまうのだから困ったもんだ。

●

絶妙《ぜつみょう》の距離《きょり》で、ミントは二人の様子を観察していた。

特に勘の鋭《するど》いスロウに気付かれず尾行《びこう》するのは並大抵《なみたいてい》のことではない。

神経を削《けず》りながら、ミントは額に浮《う》かぶ汗《あせ》をぬぐい、微笑《ほほえ》ましい二人の姿を見つめる。

「若様ったら、のんきなことで」

夜に寮《りょう》を抜《ぬ》け出して、デートなんて羨《うらや》ましいったらありはしない。

そもそも公爵家の関係者でありながら、こんな平和な魔法学園で生活をしているスロウ・デニングという存在が可笑しいのだ。

「参っちゃいますね。あれは私の付け入る隙《すき》、ないですよ」

スロウ・デニングの新しい従者候補として選ばれるよう、振《ふ》る舞《ま》ってきた。

それもこれも、二人の絆《きずな》を確かめるため。

――下らない。そう思わずには、いられない。

「にしても、これだけ早く若様が気付くなんて。さすがってことですかね」

だって、ミントの目には合格に映っている。

あの二人を引き剥《は》がすことは、百害あって一利なし。

「だったら、今のうちに若様へ沢山《たくさん》、恩を売っておかないと」

スロウ・デニングの父親だって、とっくの昔に気付いている。

気付いていていながらこうも回りくどい方法で、シャーロットに資格を与えるために奔走《ほんそう》している。

——公爵家の直系スロウ・デニングの専属従者として認められるために。

「親バカには困るって奴ですよ、公爵様」

●

戦場を生業《なりわい》とする公爵家デニングの人間が生きる世界は危険と隣《とな》り合わせだ。

公爵家、デニングという名前が持つ重み。

俺達に勝利したという名誉《めいよ》を狙《ねら》い、勝負を挑《いど》んでくる挑戦《ちょうせん》者は国を出れば跡《あと》を絶たないし、国内にも俺達を倒《たお》して名前をあげようとする者は数多い。

俺の父上であるバルデロイ・デニングはよく笑っていた。

挑戦者が跡を絶たないのは名誉の証《あかし》。

有名税みたいなもんだから、全て受け止めてやるべきだって。

だけど俺は御免《ごめん》だった。いいや、俺以外の姉弟《きょうだい》も全員同じ気持ちだろう。

名前も知らない奴等《やつら》の思いをいちいち、受け止めるなんて面倒《めんどう》以外の何物でもない。

「若様、貴方《あなた》は狙われることに慣れていませんなあ。このコクトウ、卑怯《ひきょう》な襲撃《しゅうげき》をすることを好みません……しかし、これぐらいの攻撃《こうげき》は軽く捌《さば》いて頂けなければ困りますなあ。若様が本当の戦場に立った時、命が幾《いく》つあっても足りんですぞ？」

コクトウの奴から急襲を受けて、今日も今日とて俺は床《ゆか》に沈《しず》んでいた。

サンサの専属従者、コクトウの野郎《やろう》。

あの野郎は昼休み、シャーロットと一緒《いっしょ》に廊下《ろうか》を歩いている俺に対して攻撃を仕掛《しか》けてきた。窓ガラスを突《つ》き破って俺の顔面目掛けて蹴《け》りを放ってきたんだ。

馬鹿かよ、あいつ。ここは四階だぞ？

「うるさいな。俺はお前の主人であるサンサと同じような道を選ぶ気はないんだよ」

「若様は公爵家の人間でありましょう。であるならば、道は一つかと」

「人の道を勝手に決めるな」

ミントは俺からシャーロットを奪《うば》おうとしている張本人だからさ？

俺の専属従者になりたいなんて、俺達の敵みたいなものだろ。

しかも彼女はぐうの音も出ない超《ちょう》有能ときたもんだ。

幼気《いたいけ》な見た目、俺達よりも年下だろう姿からは想像も出来ない力を持っている。

サンサの従者、あのいかついコクトウの攻撃から俺を守ってくれるんだから。

どうして彼女はコクトウの襲撃を見抜けるのか。

俺とシャーロットがずっと不思議に思っていたことを、ミントのほうから俺達に教えるって言いだしたんだ。

俺の専属従者になりたいって言うのにシャーロットにその秘訣《ひけつ》を教えるなんて、敵に塩を送る行為《こうい》だ。でも、ミントは強い言葉で、このままじゃ本当にシャーロットさんが俺の従者として失格の烙印《らくいん》を押されてしまうと俺達に訴《うった》えた。

「コクトウ様が若様に攻撃を仕掛けている時は、決まって若様がシャーロットさん、貴女《あなた》と一緒にいて……若様の気が緩《ゆる》んでいる時なんです」

「え！　私ですか!?」

「その様子じゃ、本当に自覚ないんですね。若様とシャーロットさんの関係は一般《いっぱん》的な公爵家のそれとは大きく違《ちが》っています。正直、お二人は仲が良すぎるんです」

ていうかミント。君、俺の従者になりたいんじゃないの？

でもミントの勢いに押し切られる形で、俺はこうしてミントを自室に迎《むか》えている。

彼女は最初のイメージとは異なり、気弱な雰囲気《ふんいき》なんて一切見せず、先生が持っているような黒い細長い棒を持って壁《かべ》を叩《たた》いている。その姿はまるで先生だよ。

「ずばり言いますが、シャーロットさんといる時の若様は、気が緩みすぎなんです」

俺達よりもずっと小さな身体《からだ》で彼女は身振《みぶ》り手振りで教えてくれる。

その姿は俺と出会った初日、部屋を荒《あ》らしてしまったことをあやまっていた姿とは違って、自信に満ち溢《あふ》れている。きっと、こっちの姿が素《す》なんだろうな。

そりゃそうだよな。

ミントは、公爵家の関係者なんだ。それも直系の俺の専属従者に、あのクソ真面目なサンサが推薦《すいせん》するぐらいなんだから、中身のスペックが高いことは疑うべくもない。

しかし……俺が気を抜いている？

そんなわけあるかよ。

あのド迫力《はくりょく》のコクトウ相手に、俺はいつだって気を抜いていないぞ。

「どうしましょう、スロウ様。何も言い返せません……」

「言い返さなくていいよ。ミントは俺達の味方みたいだから。そうなんだろ？　君、別に俺の従者としての立場に興味なんかないだろ」

「黙秘《もくひ》します。あのシャーロットさん。私の言葉なんてメモしなくていいですけど……」

シャーロットはメモ帳を取り出して、ミントの言葉を熱心に書き込んでいる。

いつしかミントはシャーロットの師匠《ししょう》みたいになっていた。

そんなシャーロットを呆《あき》れながら見つめるミント。

でもなあ。コクトウは無理だろ。あれは力量が他とは違いすぎる。

あれは公爵家直系の中でも平均を上回る程度の力しか持っていなかったサンサを、一気に次期公爵筆頭まで押し上げた男だ。無理無理。最初っからこれは出来レースなんだよ。

「それだけじゃありません。コクトウ様は視界の限界をよく熟知しているのです。常に若様の視界外から狙っています。恐《おそ》らくそういった仕事をしていた経験があるのでしょう」

「そんなの……どうすればいいんだよ」

「コクトウ様ぐらい人体構造を熟知した人は滅多《めった》にいませんから、気にする必要はないと思いますが。対応方法は人それぞれですが、若様は風の魔法《まほう》が得意なので、そういう敵に狙われたときは常に風を纏《まと》ってください、私が言っている意味、分かりますよね」

「……簡単に言ってくれるなあ。常に風を纏うのはかなり難しいし、疲《つか》れるんだ」

長時間、集中を切らさないっていうのはそれだけで一つの才能だ。

「でも、出来ますよね。若様なら」

「まあ、ね。それでミント、君は一体どうやって」

「父上がちょっとした狙撃手《そげき》だったので、私も専門的な教育を受けています。上下左右、視界が人よりちょっと広いんです。あ、幾ら若様でも真似《まね》は無理だと思います」

その後、ミントはシャーロットに向けてアドバイスを送り続ける。

シャーロットは律儀《りちぎ》にミントの言葉をメモ、そんな姿を見ていると眠《ねむ》くなってくる。

俺はリビングの隅《すみ》に置いたソファに寝《ね》ころびながら、ミントに話しかけた。

「なあ、ミント。どうして君は急に俺とシャーロットに味方するような真似を？　サンサに言われて、俺の従者候補として呼ばれたんじゃなかったのか？」

そもそも彼女は、何者なのか。

話をそこからスタートさせたい。

俺の従者候補として突然《とつぜん》現れた彼女、だけど今はこうして俺達の味方をするような真似をしている。ミントの行動はサンサの意思に反していて、どう考えても可笑《おか》しい。

「……私の正体なんて若様にとってどうでもよくありませんか。少なくとも、私は二人のことを応援《おうえん》しているんですから」

「いいや、どうでもよくないよ。大事なことだ」

サンサは気付いていないが、ミントの目的は俺の従者になることではないのだろう。

「腹の探り合いは好きじゃないんだ。これから父上がクルッシュ魔法学園に来るって話だし、話は早く済ませておこう。ミント、君は父上のスパイだろ？」

一言で言ってしまえば、こういう諜報員《ちょうほう》を家族に送り込むやり方を。

バルデロイ・デニングという男は、好むんだ。


俺の問いかけをミントはあっさりと認めた。

もうちょっと溜《た》めてくれよとか思わないでもないけど、変な騙し合いがなかったのはありがたい。ミントが部屋から出て行くと。

「す、スロウ様！　どうしてミントさんが公爵《こうしゃく》様直属の部下だって気付いたんですか⁉」

落ち着いてソファに寝ころぶ俺とは対照的なのは、シャーロットだ。

机をバンバンと叩きながら、まだ信じられないって感じだ。

「強《し》いて言うなら……勘《かん》かな」

「勘って……」

「俺の父上はそういう人なんだよ。ミントみたいな直属の部下をそこら中に潜《ひそ》ませている。まさか公爵と繋《つな》がっているなんて考えもしない外見、風貌《ふうぼう》、あの人はそういう手駒《てごま》を何人も持っているんだ」


ミントは、はっきりと言った。

自分が公爵の意向を受けて動いていると。

そしてサンサらには黙《だま》っておくようにと言うと、すたすたと俺の部屋から出て行った。

どうしてあっさりと認めたのか、そう聞くと彼女は去り際《ぎわ》に教えてくれた。

俺とシャーロットの姿を見ていて、気が変わったんだと。詳《くわ》しいことは何も教えてくれなかったけど、明日からはまた俺の従者候補として振《ふ》る舞《ま》うらしい。


だから俺達も、変に自分に気を遣《つか》わないでほしいと言っていた。

その時が来るまで、サンサに自分の正体がばれることを、ミントは避《さ》けたいらしい。

「でもスロウ様、何のためにですか？　公爵様の直属って言ったら、知る人ぞ知るすっごいエリートじゃないですか⁉」

「さあ、父上の直属に選ばれる人間だ。その思考回路は俺にも分からないよ。俺もまさかミントが、自分は公爵様の影《かげ》だと認めるとは思わなかったし」

父上の直属、それは公爵の考えを遂行《すいこう》するための戦士だ。

嘗《かつ》ては俺の傍《そば》にいたクラウドやシルバに当たる類のものだ。

でも、あの年齢《ねんれい》で父上から全幅《ぜんぷく》の信頼《しんらい》を受けるなんて大したもんだよ。

潜在《せんざい》能力じゃクラウドやシルバよりも上なんじゃない？

あいつらは自分のほうが上だって主張するだろうけど。

「確かなのは、ミントの正体はサンサも知らないってことだ」

「……公爵様は何を考えているんでしょうね」

「さあ。それればっかりは誰《だれ》も分からない。公爵は、女王陛下や枢機卿《すうききょう》に並んでこの国を動かしている殿上人《てんじょうびと》だから」


俺がミントの違和感《いわかん》に気付いた理由。

それは余りにも優秀《ゆうしゅう》過ぎたこと。

あれだけの能力を持つ人間が俺の耳に入っていないことは可笑しい。

これでも真っ黒豚公爵《ぶたこうしゃく》時代から、情報収集には余念が無かった。

何が起こるか分からない未来、頼《たよ》れるのは自分だけだったからさ。

「人は見かけによらないって言いますけど……あれは詐欺《さぎ》だと思います」

「だよなあ。あの子相当に強いよ。もしかしたら俺以上かも」

「スロウ様よりもですか」

「あの子が得意とする領域だったら、って条件だけど。何となく分かるんだ。遠距離《えんきょり》の狙撃が得意っていうから、狙撃勝負じゃまず勝てないだろうな……」


自分よりも小さな子供が、名高いデニング公爵の直属だった事実。

シャーロットはまだその事実が呑《の》み込めないみたいだ。

でも、この世はそんなもんだったりする。

生まれや育ちをいとも簡単に凌駕《りょうが》する天才っていうのは、いつの時代も存在する。

そういう天才をどうやって、手早く自分の陣営《じんえい》に抱《かか》え込むかが鍵《かぎ》だ。


学園の夜。

今はサンサがいるから、定期的にあいつの騎士《きし》が学園内を警戒《けいかい》している。

サンサは公爵家の中でも重要人物にあたる逸材《いつざい》だからな。

将軍として活躍《かつやく》しているサンサにも当然、敵は多い。
その身はいつだって守られている。
「あれは……サンサの取り巻き連中か。サンサの奴《やつ》も教育に熱心なことで」
学園の門へ向かう途中《とちゅう》で、学生の一団を見つけた。
そういえば噂《うわさ》で、サンサが軍属志望の学生を集めて、森で鍛《きた》えているって聞いたな。
燃える松明《たいまつ》を持って、学園の外から帰ってきたようだ。
森の中で、サンサと一緒《いっしょ》にモンスター狩《が》りでもしていたのか。
サンサの傍にはあいつの専属従者であるコクトウの姿も見える。
疲れ切った学生とは対照的にコクトウは快活に生徒らの背中を叩いていた。
クルッシュ魔法学園を卒業し、軍属となる学生は毎年、百人近くいるらしい。
その中でも最も優秀な一握《ひとにぎ》りのみが、公爵家直系が指揮する部隊へ配属される。
あの学生達は卒業後、何が何でもサンサの部隊に配属されたいんだろう。
公爵家が指揮する部隊の戦場は過酷《かこく》で命が削《けず》られる。
だけどそれ故《ゆえ》に武功を挙げる機会も多い。彼らはそれを知っているのだ。
「……」

そんな彼らが、サンサよりも地位の高いバルデロイ・デニングがやってくると知ったら、どうなるだろう。

三章　戦闘開始《せんとう》

俺の父上は、騎士国家の民《たみ》から愛されている大物だ。

俺からすれば真面目で融通《ゆうずう》も利《き》かない男だけど、国を第一に考え、身を粉にして働き続けているところは文句なく尊敬出来る。

そんな公爵家当主。

バルデロイ・デニング来訪の話は、雷鳴《らいめい》の如《ごと》く魔法《まほう》学園を駆《か》け巡《めぐ》ったわけだ。

「公爵様の姿を正門で見たぞ！　騎士団も一緒だった！」

「学園長が出迎《でむか》えてたぞ？　これから話し合いをするらしい」

「騎士団の怖《こわ》い目つき、見たかよ……。王室騎士団《ロイヤルナイツ》よりも遥《はる》かにおっかないぞ」

誰もが怯《おび》えた顔で話し合っている。

無理もない。あの……バルデロイ・デニングがやってくるという事実。

父上の英雄譚《えいゆうたん》を聞くのは楽しいけれど、常に危険と隣《とな》り合わせの男が近くにやってくるのは誰だって御免被《ごめんこうむ》りたいというわけだ。

父上は確かに国の民から尊敬されている。けれど同時に、それ以上に恐《おそ》れられてもいる。

「学園長が早く避難《ひなん》しろって言ってるし……ここが戦場になるって噂だ」

「何が始まるんだよ……」

さらに彼らの怯えを助長しているのは、学園長が正式に学園からの避難を皆《みな》に呼び掛《か》けたからだろう。学園関係者は一時的に、ヨーレムの街に避難するという。

お陰《かげ》でヨーレムの街にある宿は嬉《うれ》しい悲鳴を上げているとか。

「モロゾフ学園長もどうしてあの公爵様を受け入れたんだ、折角学園が綺麗《きれい》になったのに」

「長生きしたかったら、公爵家の当主だけには関わるなって、常識だよな……」

俺の隣《となり》を歩くシャーロットはそんな噂を聞いて浮《う》かない顔をしているけど、別に風評被《ひ》害《がい》じゃないんだよなあ。父上のいる場所に争いが起こる。

というより、父上は争いの起こるだろう場所を先取りして向かっているのだ。

だから、彼らの考えはあながち間違《まちが》っていない。

父上が引き連れてきた騎士達の面子《メンツ》……間違いなく、ここが戦場となる。

「……ぶひ。ぶひっ、ぶひ」

「スロウ様、何で急に笑い出すんですか。ちょっと気持ち悪いです……」

「ぶひ。あの父上がさ、俺よりも嫌《きら》われてるんじゃないかって思ってさ、ぶひひ」

「嫌われているってよりは恐れられているって感じですけど……」

慌《あわ》ただしい学園内を、悠々《ゆうゆう》と歩く。

こんな状況《じょうきょう》だが、あいつの状況を確認《かくにん》しなくてはいけないんだ。はあー、忙《いそが》しい、忙しい。え？　あいつだよ。あのバカだよ、シューヤ・ニュケルンだよ。

軍人希望のあいつがデニング公爵《こうしゃく》家当主の来訪っていう、素敵《すてき》なビッグイベントで動かないわけが無いんだよなあ。今度はどんな無茶をやらかしてくれるのか。

「えっ……そうなの？　シューヤ、いないの？」

「で、デニング様、シューヤなら今、学園にいませんよ。あいつ、勝手に消えて……」

あいつと仲が良い生徒に聞いてみると、数日前にシューヤは数人の生徒と共に学園から姿を消した。

何でも大事な用事が出来たとか言って、真夜中に学園を飛び出していったらしい。

許可のない学園からの抜《ぬ》け出しは十分に違法行為《いほうこうい》なんだけど、今は公爵来訪のビッグニュースの陰に隠《かく》れて誰も気にしていないらしい。

シューヤと共に消えた生徒の名前を聞いて確信する。

違法な薬物や武器を扱《あつか》う闇《やみ》商人の討伐《とうばつ》——武器商人イベントか！

「ふう……」

「スロウ様、今度は急に明るい顔になってどうしたんですか？」

「ちょっと悩《なや》みが解決してね」

「……悩み？」

そ。悩みさ。俺の心をいっつもチクチクしてくる奴がいるんだよ。

はあ、一安心だ。武器商人イベントなら暫《しばら》く、シューヤは学園に帰ってこないだろう。

あのイベントはあちこちの街を移動する長丁場のイベントだからな。少なくとも父上が学園にいる間にシューヤがひょっこり帰ってくるという事態は避《さ》けられる。

「その。スロウ様、私はよく知らないんですけど……錆《さび》ですか？」

「うん、父上の目的は錆だろう」

シャーロットだけには伝えていた。

ミントから聞いた話。父上が学園にやってくる理由をついさっき聞かされた。

父上らがこの学園で叩《たた》きのめそうとしている連中の名前は、錆と呼ばれる集団だ。

若様は関わることになるからと、ミントが教えてくれたのだ。俺の立場だったら、錆の噂ぐらいは聞いたことがあるかもしれないって言っていたけれど、勿論《もちろん》、知っていた。

　錆、あいつらはアニメの中で、大活躍《だいかつやく》した連中だからだ！

「錆の情報は絶対に表に出ないから、シャーロットが知らなくても当然だ。あいつらには父上しか接触《せっしょく》出来ない。それに存在も厳重に秘匿《ひとく》されている。公爵家の中でも知っている人の数は限られているからね」

「スロウ様もあまり詳《くわ》しくないんですか？」

「俺だって、本当に微《かす》かな情報しか知らない。そうだな……なんて言えばいいか……あ、あそこにいるサンサの顔を見てみてよ。戸惑《とまど》った顔してるだろ」

　俺が指さした先では、日陰《ひかげ》でサンサが従者であるコクトウと何かを話し込んでいた。珍《めずら》しく、何か焦《あせ》った表情で考えこんでいる。

　あいつは父上の敵が錆だった事実を、何も知らなかったのだ。

　さっき俺がそれとなく話題に出したら、ひどく焦っていた。

「でも、スロウ様。公爵様が指揮している部隊なら公爵様に忠誠を誓《ちか》ってるんじゃ」

「厳密には父上と錆は協力関係にあるだけで、部下ってわけじゃない。それでも錆と公爵家は歴史的にみても密接な関係にある筈《はず》なんだ。父上は一体、何を考えているのか……」

　錆は、歴代公爵の指示に従い、騎士国家の汚《よご》れ仕事を一手に引き受けてきた。

　記録にすら存在しない、抹消《まっしょう》された存在だ。

錆と公爵家の関わりは、とても深い。

「──いいか。公爵様に認められたら、出世は間違いないぞ……！」

「公爵様直属の騎士《きし》は王室騎士《ロイヤルナイト》よりも、現地で修羅場《しゅらば》を潜《くぐ》ってる連中だ」

「あの騎士団の中には平民もいるらしい、公爵様は出身を気にされないからな。軍は俺達みたいな下級貴族でも力さえあれば成り上がれる。何でもいい、公爵様の目に留まる活躍が出来れば……」

一部の血気盛《さか》んな先輩方《せんぱいがた》は、学園に残って父上に助力するらしい。

けれど相手が誰《だれ》だか分かっているのか。錆だぞ、錆。

父上もまさか生徒のサポートなんて一切《いっさい》期待していないだろうけど……やる気のある学生は受け入れるなんて噂もある。はあ、何を考えているんだよ。

「スロウ様。その……昔からの関係なら話し合いで解決するとか」

「……そうだね。それが出来たら一番なんだろうけどな」

無理だろう。

父上は戦いを決断している。

引き連れてきたあの騎士連中の顔を見たら一目瞭然《いちもくりょうぜん》だ。

しかし、分からないな。

なぜ、錆との関係が拗《こじ》れてしまったんだろう。

アニメの中では、奴等《やつら》と父上の関係は何も問題がなかったはずなんだけどなあ。

まさかあの父上が、錆との関係が拗れるぐらいの無茶な命令を出したか？

「スロウ様。ミントちゃんはどうして、知っていたんでしょう」

「それは……あの子が父上の関係者だからだろう。それもかなり深い関係者だよ」


学園から誰もが我先にと逃《に》げ出していく。

両手と背中に大きな荷物を持って、まるで学園に物を残したら全て無くなってしまうとでも思っているかのようだ。幾《いく》らなんでも、そこまでの戦いにはならないだろう。

そんな中、俺の元へひょっこり顔を出す女の子がいた。

「先輩！　今面白《おもしろ》い賭《か》けをやってて、アドバイスくれませんか？」

平民の一年生、ティナだ。くりくりした大きな瞳が俺を見上げる。

背中には大きな鞄《かばん》をかけている。今から友達と一緒《いっしょ》にヨーレムの街に避難するらしい。

「……賭け？　こんな時に？」

「こんな時だからこそですよ！　今度は学園がどれだけボロボロになるか、生徒の間で、学園中を巻き込んだ賭けがこっそり行われているんですよね。それで先輩、私、ここで一発勝負しようかと思うんですけど、実際どれぐらいの被害が——」

「ぶほっ！」

噴《ふ》き出した。

な、何だよその話！　俺の耳には一切入っていないぞ⁉　内容もさることながら、やっぱり俺には人望がないのか？　こういう面白い話がどうして入ってこないんだ！

「先輩⁉　大丈夫《だいじょうぶ》ですか？」

「ごめん、ちょっと予想外の答えがきたから……」

「で！　先輩、どうですか？　校舎が三つぐらい使えなくなるんじゃないかって予想する人が多いんですよね……私は出来たら大穴に賭けたいんですけど……」

ティナはこの状況下で抜け目なく金儲《かねもう》けを企《たくら》んでいるようだ。

全く、どこにでも逞《たくま》しい子はいるもんだ。ティナは平民だけど、この学園を力強く生き抜いている。その生き方は尊敬出来る部分もあるし、俺も力になってあげたいんだけど。

しかし、アドバイスかあ。どうなるんだろうな。校舎三つが使えなくなる……。

うーん、正直かなり良いところをついているようにも思える。

公爵家が本当に戦うなら、それぐらいの被害は出るだろう。

「大穴狙《ねら》いで、学園がまた休校になる、それぐらい大胆《だいたん》に賭けてみるのはどう？」

ティナは何故《なぜ》か俺の回答に大興奮していた。


「――適当なこと、言っちゃったかなあ」

公爵家の連中がやってきたことで、学園がまた休校になるなんて、あり得ないだろ。

父上だって、どれだけの金をかけてクルッシュ魔法《まほう》学園を再建したか知っているんだし。

あー、ティナには悪いことしたかなあ。

まさか俺の冗談を信じてないといいけどなあ。

でも、あの反応じゃ、大穴狙いで学園休校に賭けた可能性も……。

「よーお。坊《ぼっ》ちゃん！　久しぶりじゃないすか、元気してましたかっ！」

思考は、場違《ばちが》いに明るい声で遮《さえぎ》られた。

この学園に通って一年と半年に満たないぐらい。俺も大分、学園生活に溶《と》け込んだと思っているけれど、それでもこんな気安く声を掛けてくる人物は限られている。

というか、いないな。うん、こんな風に俺に馴《な》れ馴れしく喋《しゃべ》りかけてくる奴なんて。

「……へへ、坊ちゃん。久しぶりっすね」

しかもそいつは肩《かた》まで組んでくるんだ。俺はこれでも結構、学園で恐《おそ》れられている。誰だよと聞こうとする前に、声だけで何者か分かってしまった。

「……お前か、シルバ」

片目を隠す長い前髪《まえがみ》に、学園の陰鬱《いんうつ》な空気とは打って変わって明るげな姿。

俺が真っ黒豚公爵《ぶたこうしゃく》になるまでは公爵領地で常につるんでいた男。

「へへ、俺だけじゃないっすよ！　なんと！　クラウドの旦那《だんな》もいます！」

シルバの後ろには、先月までは学園で教師をしていたクラウド。

相変わらず朴訥《ぼくとつ》な姿で、この魔法学園にもすんなり溶け込んでいる。

「二人一緒なんて珍しいな。何年振《ぶ》りだよ。いや、もっとか？」

クラウドはくたびれた表情で、

「やっと休みが取れるかと思ったら特命で駆《か》り出されましたよ。公爵家は人使いが荒《あら》い」

「いやだなあ、旦那。それだけ頼《たよ》られているってことじゃないですか！」

「む？　そうか？　まあ、そういうことかもな。だったらいい」

「でも、変ですね。クラウドの旦那はともかく、俺にまで声が掛《か》かるとは。ここ最近は、公爵家よりも王室に近い場所にいた自覚があったんですが……」

食堂で飲み物をもらい、緑に溢《あふ》れた公園へ移動。

目の前には教会があって、居住区から離《はな》れているために人通りも少ない。

父上来訪で慌《あわ》ただしい学園内で静かにお喋り出来る場所は限られているからな。

「クラウド、シルバ。お前達といると……なんか、変な感じだな」

むず痒《がゆ》いっていうか、言葉にしづらい。

こいつらは、昔、スロウ・デニングの両翼の騎士《ツインナイト》と呼ばれていた二人。

あの頃《ころ》は何をするにも、一緒だった。

真っ黒豚公爵時代は、こいつらとまた一緒になるなんて思ってもみなかったな。

俺は公爵家を捨てた男だ。その中には当然、この二人も含《ふく》まれる。

「なあ、お前らは父上と一緒にやってきたんだろ？　だったら、聞きたいことがある」

昔話に花を咲《さ》かせたい所だけど、俺には気になっていることがあった。

遠目に、学園長らと共に歩く父上らの姿を見た。

ぞろぞろと学園の雰囲気《ふんいき》には似合わない、物騒《ぶっそう》な騎士達を引き連れている。

「……やっぱり、あれが父上が連れてきた全員なのか？」

父上が連れてきた騎士達の数だが、いやに少なくないか？

一人一人の顔は知っている。父上の直属騎士ばかりで、実力は申し分ない。

だけど、人数が問題だった。二十人程度。

森の中に別動隊を隠《かく》しているというわけでもないだろう。

錆の相手をするには、不十分すぎる。

まさかやる気がみなぎっている生徒を、戦力としてみなしているわけじゃないだろう。

「スロウ様。やはり気になりますか？」

「そりゃあな。これから戦うだろう相手のことを知れば知るほど、あれじゃあ足りない」

「あー、もしかして。坊ちゃん、俺達の敵が誰だかもう知ってる感じですか？」

「錆だろ……もしかしてお前らも知っているのか？」

「わお。物知りっすね。極秘《ごくひ》情報らしくて、俺達ですら、魔法学園に到着《とうちゃく》する直前に伝えられたぐらいなんすけどねえ」

「おい、シルバ。お前は錆がどういう連中か知っているのか？」

「ええ。公爵様が便利に使ってきた危険な連中だって教えてもらいましたよ」

「……クラウド。お前もか」

重たい顔でクラウドがうなずいた。

「俺とシルバ以外は公爵様の直属騎士です。彼らはある程度、錆と呼ばれる者達がどういう仕事をしている連中か知っているようですが……俺達は初耳でした。公爵様がまさかそのような連中と付き合いがあったなんて……」

「なんだよクラウド、歯切れが悪いな。うちがどれだけ薄汚《うすよご》れているのか、今更《いまさら》知ったってわけか」

「ええ……まあ……」

自慢《じまん》じゃないが、父上は真っ黒だぞ。

「公爵家は騎士国家を支える大貴族だ。様々な特権を得る代わりに相応の責務を女王陛下より与《あた》えられている。錆は、陛下からの黒い指令に応えるにはちょうどいい奴等なんだよ。だから歴代公爵は奴等を重宝したんだ。奴等は報酬《ほうしゅう》さえ与えれば、何でもするからな」

「そうみたいですね。錆は死人として扱《あつか》われていると聞きました」

「へえー、死人！　かっこいいすね、そっか、俺達は死人と戦うわけか」

重たい顔のクラウドとは違って、シルバは呑気《のんき》だった。

あいつは何やら秘密の組織という存在に、少し憧《あこが》れを持っていたらしい。

それに表に出ることがない情報に触《ふ》れることが出来て、嬉《うれ》しいらしい。呑気な奴だ。

「スロウ様、公爵様は数の少なさを質で補うつもりですかね？」

クラウドが進み出る。

「それは俺が知りたいよ。少なくとも、俺が知ってる錆の腕利《うでき》きを撃退《げきたい》するには、あれじゃあ到底《とうてい》足りないだろうな。クラウド、本当にあれで全てなのか？」

「あれで全てです。公爵様が何をお考えなのかは不明ですが、騎士《きし》団の中にも当然、不安視する声はあります。騎士達は既《すで》に何度か剣《けん》を交えているらしく、相手の力は把握《はあく》していると。奴等を殲滅《せんめつ》するには、物足りないと考えている者ばかりです」

シルバが腕を組みながら、答える。

「でも、これではっきりしましたね。公爵様はここ最近、急に消えることがあったって話じゃないすか。坊ちゃんの姉弟《きょうだい》が公爵様に行先を聞いても何も答えなかったって言いますよ。傷だらけになって直属の騎士達と帰ってくる、公爵様の相手は錆だったってわけだ」

「シルバ、何の話だ？」

「坊ちゃんは知らなかったんですか？　公爵様は、ずっと奴等と戦っていたそうですよ」

「そ、その話。いつからだ？」

「二か月前、ですかね。ちょうど、あの迷宮都市《ゼネラウス》で大掛かりな事件があった頃からとか。ほら、帝国《ていこく》が急に南下政策を止《や》めた辺りと重なるんすねよ」

「……」

ドキリとした。

ま、まさかな？

俺が未来を変えたから、父上と錆が衝突《しょうとつ》したとか、そんなわけないよな？

「でも、坊ちゃんがいるクルッシュ魔法学園にきたってことは、やっぱり最後に頼るのは優秀《ゆうしゅう》なご子息の中でも坊ちゃんってことですかね？」

「シルバ。一応、言っとくと、この学園には俺以外の家族もいるぞ」

「あー！　そう言えば、あのサンサ嬢《じょう》がいるって聞きましたよ！」

「そうだ。父上はサンサに錆を討伐《とうばつ》する名誉《めいよ》を与えるつもりかもしれない。それでクラウド、父上はどこに？」

「学園長室へ。事前に連絡《れんらく》は届いているはずですが、改めて今回の件、自ら説明するようです。このクルッシュ魔法学園を本気で戦場にするのですから、当然です」

「……そうか。学園長室か」

学園長がクルッシュ魔法学園を戦場にするなんて認めるとは思えない。

だけど、勝算も無しに父上が動くはずもない。

きっと、考えがあるんだろう。

「ていうか、お前ら、何をぼけっとしてるんだよ。仕事があるんだろ。別に俺の傍《そば》にいる必要はないぞ。ほら……それを飲んだら帰れよ」

父上が今回、連れてきた顔ぶれを見ると、直属の騎士達ばかりだ。

その中でこの二人は直々に指名されている。何か特別な仕事が与えられているんだろう。

シルバとクラウドの二人だって俺に構っている暇《ひま》なんかない。そう思っていたんだが。

「それが若様、実は俺達。若様の指揮下に入ることになっているのです」

「……は？」


懐《なつ》かしい思い出話に花を咲かせる程《ほど》、余裕《よゆう》があるわけでもない。

クラウドとシルバの二人は父上から直接、クルッシュ魔法学園にやってきたら俺の指示に従えと言われていたらしい。……なんで？

とりあえず二人にはシャーロットの傍にいてもらうことにした。

二人は元々、シャーロットの良い相談相手でもあったからな。

「俺の指揮下って……父上は一体、何を考えているんだよ」

俺は俺で確認《かくにん》したいことがあった。それは、父上がやってきてから何か考え込んでいる様子の姉上だ。サンサは教員棟《とう》の前にいた。

父上はこの棟の最上階、学園長の私室で今、学園関係者と話し合いを行っている。

父上は学園に先行していたサンサを気遣《きづか》うことなく、学園長の私室に向かったらしい。

「サンサ。お前、知っていたのか。父上が連れてくる戦力があれだけだって」

「無論だ。しかし、父上が相手にする者達の正体は知らなかった」

「……」

「噂《うわさ》では聞いたことがある。歴代公爵がとても口には出せない仕事を任せている連中がいると。だが、まさか父上が彼らと敵対しているとは。関係は良好と聞いていたのだが」

「錆を相手にするというのに、あれだけの騎士しか連れてこないなんてな」

「侮《あなど》るな、スロウ。父上が連れてきたのは精鋭《せいえい》ばかりだ。それでも……」

「負けるだろ。普通《ふつう》に」

「……そうだな」

サンサも俺と同じ意見のようだった。

しかし父上が、錆の連中と戦う？　どうして？

俺が未来を変えたからか。

帝国との戦争が起きない未来に誘導《ゆうどう》した。確かに大きな変化であちらこちらに俺の知らない歪《いびつ》なことが起きているとは思うけど……。例えばシューヤがアニメ程強くならないとか。

「スロウ、お前の言う通りかもしれない。錆の腕利きは、一人で拠点《きょてん》を落とすと聞く」

アニメの中で、帝国に向かったシューヤをサポートしたのが、錆の連中だ。

火の大精霊《エルドレッド》を身体《からだ》に宿すシューヤは当初、女王陛下にも大いに危険視された。

そんなシューヤを殺すために、錆の連中は利用された。

だけどシューヤが危険じゃないと判断したのも、錆の連中だったりするのだ。

あいつらが全滅《ぜんめつ》して、シューヤが涙《なみだ》を流すぐらいには——気のいい連中だ。

「サンサ。錆との敵対は、父上の独断なのかな」

「恐《おそ》らく、陛下の意思も含まれているだろう。陛下の意思がなければ、さすがにこのクルツシュ魔法《まほう》学園を再び戦場にするなど許されない」

「確かにそうだな。はあ、この学園は、錆の連中が好きそうな隠れ家《が》が一杯《いっぱい》だからなあ」

錆は、武人じゃない。戦争屋で暗がりに潜《ひそ》む暗殺者だ。

戦い方が俺達とはまるっきり違《ちが》う。正攻法《せいこうほう》じゃない。奴等《やつら》は闇《やみ》に潜むのだ。

「スロウ、お前は錆を率いる者を知っているか？　マグナという男だ」

「……知らない」

嘘《うそ》だ、知っている。

錆の連中は正体不明の爺《じい》さん、マグナの言葉でしか動かない。

錆の指針は全て、錆を束ねるマグナと公爵である父上が決める。

マグナの姿はアニメの中でも姿は出てこなかった。

ただ、どこか暗い場所で父上と喋《しゃべ》るマグナのシルエットが出てきただけ。

歴代公爵《こうしゃく》もマグナという男の扱いには苦慮《くりょ》していたという。

「……」

「スロウ。お前がどこまで知っているか知らないが、嘗《かつ》て騎士国家には二つの道があった。帝国に恭順《きょうじゅん》するか、徹底抗戦《てっていこうせん》するかだ」

「それぐらいなら知ってるよ」

「父上は抗戦派の筆頭だった。マグナも同じくだ」

「……何が言いたいんだよ」

「今もまだ、マグナは帝国と戦う意思を持っているのではないかとな。もっとも、全て私の憶測《おくそく》。父上の考えを聞かなくては……どこまで教えてくれるかは怪《あや》しいがな」

確かにアニメの中では錆の連中は、帝国の精鋭と戦い死んでいった。

だけど俺が未来を変えたからって、どうして公爵と敵対するようになるんだよ……。

「おめでとう、サンサ。お前は栄光ある公爵に向けて、大きな一歩を迎《むか》えたわけだ」

「急にどうした」

「父上はここ最近、錆と戦っていたんだろ？　だけど、父上は直属の騎士達をのぞいて、誰《だれ》にも助力を求めなかった。それが今や、サンサ。お前を頼《たよ》ったんだから」

「お前にいらない知恵《ちえ》を吹《ふ》き込んだのは誰だ？　クラウドかシルバ辺りか。邪推《じゃすい》が過ぎるが……見方によってはお前の言う通りかもしれない。光栄なことだ」

つまり、そういうことなのだろう。

日夜、俺の姉弟《きょうだい》は公爵になるために戦っているが、サンサは直々に選ばれた。

父上の手足である錆の連中を知るとは、そういうことだ。どこかサンサの頬《ほお》も緩《ゆる》んでいる。相変わらず単純な奴だなあ。

「サンサ様。話し合いは終わったようですぞ」

コクトウの声。教員棟の中からは、父上の姿が見えた。

数人の騎士を伴《ともな》い、その中には俺の従者候補でもあるあの子もいた。

しかも、父上の傍にぴったりと。

「……」

もうサンサも、ミントの正体には気づいているだろう。

言いたいことはあるだろうが、これから起こる大事に比べたら些事《さじ》である。

「行くぞ、コクトウ。父上の真意を確かめる」

父上の後から出てきた学園長。

中でどんな話し合いをしていたのか、学園長の顔はひどくやつれていた。

今回は公爵家のごたごたに巻き込まれた形だからなあ、心情は察して余りある。

……学園長、本当にごめんなさい。


「——デニング。お前の父親は、やはりとんでもない奴だなっ！　ひでえ奴だ！」

書類で一杯のロコモコ先生の部屋に連れてこられ、そこで口火がきられた。

学園長と共にロコモコ先生もあの場に同席していたらしい。

苦虫を噛《か》み潰《つぶ》したような表情で、ロコモコ先生は机を叩《たた》いた。

「あれは脅迫《きょうはく》だったぞ！　俺達の言葉なんて一切《いっさい》耳を傾《かたむ》ける気もねえ！」

「スロウ君。儂《わし》は君の父上については、よく知っておる。だが、本気だとは思わなんだ。ここは学徒のための学び舎《まなびや》じゃ。まだ学生の傷も完全に癒《い》えたとは言いがたい。それにもかかわらず、再び戦場にするなど……」

「学園長。認めたんですか？」

「用意周到《しゅうとう》なこった。こちらは拒絶《きょぜつ》する言い訳をごまんと考えていたのに、公爵は女王陛下のお墨《すみ》つきをもらっていた。あれじゃあ断れねえ。お手上げだ」

やはり、女王陛下も噛んでいたか。

だけど、どうしてわざわざクルッシュ魔法学園を。

その答えは尋《たず》ねる前に、学園長が教えてくれた。

「公爵の敵……彼らがクルッシュ魔法学園を指定したのじゃよ」

「まさかそんな条件を父上が飲むなんて」

「この機会に必ず討《う》てと陛下の強い思いもあるようじゃ。向こうは一般人《いっぱんじん》は襲《おそ》うつもりもなく、公爵家関係者以外は狙《ねら》わないと宣言している」

モロゾフ学園長から、聞かされた事実。

俺の父上を目の敵《かたき》にしている敵は、戦いの舞台《ぶたい》にこの魔法学園を指定したらしい。

「死に場所に魔法学園を選んだというか。公爵の敵、その大半は卒業生らしいのじゃ」

男子寮《りょう》四階、自室への帰り道。小石を蹴《け》っ飛ばしながら考えた。

思い出すのは、学園長の言葉ばかりだ。

『陛下は……勝利のためであれば、クルッシュ魔法学園が壊《こわ》されても構わないとさえ、言っているそうじゃ。一体、公爵は何と戦うつもりなのかのう』

アニメの中では、錆は騎士《きし》国家のために死んだ連中である。

あいつらは国のために戦う愛国者だ。

アニメ中盤《ちゅうばん》で帝国《ていこく》に潜入《せんにゅう》したシューヤ。付《つ》け狙う帝国の暗殺者から陰《かげ》でシューヤを守り続けた。これまでも、誰よりも国のために尽くしてきた連中である。

「……ぶひ。やっぱり俺のせい？」

アニメ知識を持つ俺は、俺に出来る最善を貫《つらぬ》いた。

もとから、誰も彼も救えるとは思っていないけど……こうなるかあ！

「父上！　なぜ私なのですか！　適任者なら、私以外にもいる筈《はず》です！」

帰り道でサンサの声が聞こえた。

珍《めずら》しいことがあるもんだ。

サンサが父上に向かって、声を荒《あら》らげていた。

「私の力は、役に立つ筈です！　それだけの戦果は挙げてきました！」

ついさっきまでは、自分は父上に選ばれたんだと誇《ほこ》りにしていたのに。父上とサンサが何を話しているのかは知らないが、サンサにとっては予想外の指示が与《あた》えられたんだろう。

おい、サンサ。学園の生徒にも見られてるぞ？

「うわあ、見ていられませんね。あれじゃあ、子供の我儘《わがまま》ってやつです」

「……君か」

冷めた目でサンサを見つめていたのはミントだった。

確かにあのサンサの姿は見ていられないが……。

俺の新しい従者候補としてサンサに紹介《しょうかい》されたあの時の初々《ういうい》しさなんて、何もない。

間違いなく、こっちが素《す》なんだろうな。

「で、ミント。サンサに何があった？」

「公爵様が、避難《ひなん》先であるヨーレムの街へサンサ様を派遣《はけん》することを決めたのです。要は待機ですね。錆との戦いにサンサ様は加えない。それが公爵様の決断です」

「成程《なるほど》、そりゃあサンサも食い下がるわけだ」

何だかんだ、内心はやる気に満ち溢《あふ》れていただろうからなあ。

「素直に従えってもんですよ、はあ。公爵様が考えを変えるわけがないのに」

「父上も強情《ごうじょう》だからな。それでミント、そっちが君の素なんだね」

「公爵様が来訪された今。隠《かく》す理由もありませんから」

公爵家の中でも極《きわ》めて地位が高いサンサ相手に暴言を吐《は》けるなんて大したもんだ。

「錆相手です。間違いなく激戦になります。ヨーレムの街で待機することだって、重要ですよ。公爵様の深い信頼《しんらい》の表れなのにサンサ様は分かっていませんね。まさか自分が錆との闘《たたか》いに加えられる程、公爵様の信頼を得ているなんて勘違《かんちが》い、可笑《おか》しいったらない」

「そこまで言うか……」

「若様も分かってるでしょう。錆との闘いは、サンサ様の身まで守っている余裕《よゆう》はない」

「それは……」

「公爵様はサンサ様の未来を思っているからこそ、遠ざけているのです。それが分からないサンサ様でもないでしょうに」

「あいつは……自分が力になれると思っているよ。それは間違いないと思うけど」

「万が一、サンサ様が討《う》ち取られれば、悲劇この上ないです。錆との戦いに家族を巻き込まない、そう決めたのが公爵様ご自身、これまでの戦いが意味を失ってしまいます」

淡々《たんたん》とミントは教えてくれた。

父上と錆の頭目、マグナの間で意見の対立が発生し、奴等が襲ってくるようになった。錆は日常の中に潜んでいるから、父上は人知れず戦い続けていたと。

「公爵家の騎士団の中でも、精鋭《せいえい》を選んできました。公爵様は本気で錆をつぶす気です」

「えっと。家族は巻き込まないって話だったら、俺もヨーレムの街に避難しても……」

「だめです。若様は貴重な戦力ですから。私が保証します」

「……俺の何を見て保証するんだよ」

「コクトウ様との闘いで、若様は十分に錆との闘いにも適応出来ると私が判断しました。

それに力だけじゃありません。若様だけにしか出来ないことがあります」

「……俺にしか出来ないこと?」

「若様の言葉なら、公爵様だって耳を傾ける筈です」

「いやいや、それは無理。本当に無理」

「公爵様は若様に期待しておいでです。自分には無い考えを持っていると」

「その理由はなんだよ」

どんだけ俺に期待しているんだよ。無理に決まっている。

相手はあのバルデロイ・デニングだぞ。

「若様が、唯一《ゆいいつ》、公爵様の命令に真っ向から背《そむ》き続けているからです」

ぐっ。痛いとこを突《つ》いてくる。

「錆は一般人を狙うことはありませんが、サンサ様は標的になりうる。けれど、クルッシュ魔法《まほう》学園にいなければ、問題ありません」

ミントは無表情で、未《いま》だ納得《なっとく》のいっていない様子のサンサを見つめている。

「それより若様。驚《おどろ》かないんですか? 私の立場、もう気付いたのでしょう?」

サンサ相手にこれだけ偉《えら》そうな物言いを行うには、公爵家内でも相応の立場が必要だ。

つまり、そういうことなのだろう。

「父上に新しい専属従者がいたとはね。驚いたよ」

「ええ。そうです。私が公爵《こうしゃく》様の専属従者です」

さっき、公園でシルバやクラウドがぼそっと言っていた。

今回の戦いには公爵の専属従者がお披露目《ひろめ》されるのだと。

それぐらい、父上はこの戦いに賭《か》けているのだと。

「公爵様の専属従者だったグレイスは私の父親。私は父親から、戦い方を仕込まれてきました。サンサ様や若様が受けてきた教育よりも、遥《はる》かに過酷《かこく》だったと胸を張れます」

「……だからか。君にとっては、コクトウの襲撃《しゅうげき》なんて……」

「朝飯前です。私は、コクトウ様よりも強いですから」

父上の専属従者だった男、グレイス。

父上の師匠《ししょう》でもあった男だ、遠距離《えんきょり》からの狙撃《そげき》を基軸《きじく》に、鷹《たか》の目を持つと言われていた。

あのグレイスの娘《むすめ》なら、間違いはないだろう。

しかし、お披露目される従者がまさかこんな年端《としは》もいかない子供だったなんて。

「君が戦場で生きてきた人間だというのは薄々《うすうす》、分かっていたけど……」

「さすがです、若様。サンサ様とは、ちょっと役者が違《ちが》いますね」

「そんなことないさ。俺がサンサより疑《うたぐ》り深いだけだよ」

ミントは不意を突くコクトウの襲撃を、簡単に避けていた。

この俺でさえ気付けない攻撃《こうげき》を、まるで朝飯前と言わんばかりにさ。

あんなの、常識じゃあり得ないことだ。

何か特別な教育を受けていることの表れ……でも、まさか父上の従者だったとはなあ。


「──え、えええええ！　あのミントちゃんが、公爵様の従者だったんですか！」

「シャーロット、声が大きいって」

もう俺がいる男子寮から大半の生徒は逃《に》げ出してしまった。

誰《だれ》に聞かれても困るって話じゃないけど。それでも、シャーロットはこれまで傍《そば》にいた可愛《かわい》い妹分が父上の従者だったことに、目を見開いていた。

学園探索《たんさく》を行っていたミントとシャーロットはいつも一緒《いっしょ》だったからなあ。

それは、俺達と席を共にしているクラウドやシルバも同じだ。

「……まさかあんな子供が」

「グレイス様並みの力があるなら、頼《たよ》りになりますよクラウドの旦那《だんな》。グレイス様は南方じゃ屈指《くっし》の狙撃手、もしかしてクラウドの旦那より強いかもしれないっすよ？」

父上の従者。グレイスはとんでもない魔法使いだった。

惜《お》しむらくは。戦場で味方を助けるために命を失い、あれ以来、父上は新しい従者を拒《こば》んでいた。あんな隠し球を持っていたとは。いや、それ程の戦いになるから、か。

騎士達が学園を巡回《じゅんかい》する中、父上との対話の機会は驚くほど、早く設けられた。

「若、こちらです」

「いいよ、畏《かしこ》まらなくて。この先に何があるかは知っている。巡回に戻《もど》れよ」

「どこに錆の連中が彷徨《さまよ》っているか分かりませんから」

「……父上に駆《か》り出されて、お前らも大変だな」

庭園の中に、小川に囲まれ、砂利《じゃり》が敷《し》き詰《つ》められている美しい場所がある。

その美しい庭の中に座っている父上の姿を見つける。深い緑の外套《がいとう》、勲章《くんしょう》がびっしり。

父上の周りには、常に数人の騎士が帯同している。

父上と共に数多《あまた》の戦場で指揮を執《と》ってきた古参の騎士だ。

だけど、さすがに親子の会話ともなれば、騎士達は席を外すみたいだ。

「……父上とこうして話をするなんて、雷《かみなり》でも落ちるんじゃないか」

「そう言うな。私だって、猫《ねこ》の手も借りたいぐらいなんだ」

「驚いた。父上《あなた》が、弱音を吐くなんて」

「スロウ、お前なら私が今、どのような状況《じょうきょう》にあるか分かるだろう。私だって、人間だ」

父上が厳《いか》めしい顔で、笑っている。この人が笑っている顔なんて何年振《ぶ》り？

あー、俺はそもそも父上と会うことを出来るだけ避《さ》けていたから、こうやって話すこと自体が数年振りなんだけど。

「スロウ。お前が素直に私の前に出てくるとは思わなかった。私のことが嫌《きら》いだろう？」

「……まあね」

心臓が痛い。締《し》め付けられる。

この男との過去のいざこざは、余り思い出したくもない。

俺を公爵家当主にするために、徹底的《てっていてき》に痛めつけられた。

俺が真っ黒豚公爵《ぶたこうしゃく》となってからも、期待をかけられた。

勿論《もちろん》、期待をかけられたとは、徹底的にしごかれたということだ。

「父上、錆との関係は良好であったと思いますが、何故《なぜ》、敵対しているのですか」

「耳敏《みみざと》いな。私が伝えるまでもなかった、ということか」

「クルッシュ魔法学園を戦場にしようというんです。それぐらいの情報は、俺の立場になると勝手に聞こえてきます」

もっと緊張《きんちょう》すると思っていたのに、すらすらと言葉が出てくる。

錆との闘いを前に、緊張する余裕もないってか。

「誇《ほこ》るがいいスロウ。これまでのお前なら決して耳に入らなかった情報だ。うちの騎士《きし》とて、人を見る目は十分に養っている。今のお前なら伝えても問題ないと思ったのだろう」

そうなのだろうか。

確かに昔の俺なら、何も教えてくれなかっただろう。

ミントも。そして、サンサだって。

「陛下の意思だ。強い意思で、陛下は錆の殲滅《せんめつ》を望んでいる」

「……」

陛下、か。

騎士国家の女王の意思なら、さすがの父上だって動かざるを得ない。

「マグナと呼ばれる男がいる。錆の頭目だ。奴《やつ》は以前から帝国《ていこく》を探《さぐ》るべきだと言っている。帝国は危険だとな。錆といっても、私の望むままに動くわけじゃない。錆はマグナという男の組織。とんでもない男だ、私の祖父が存命だった頃《ころ》から生き続けている」

マグナ、やはりあいつか。

「私が公爵を引き継《つ》いだ時、先代から言われたことがある。マグナとは対立するなとな。しかし、マグナの意思が陛下の耳にまで届き、陛下は錆の殲滅をご所望《しょもう》だ。錆は、有用過ぎるのだ。確かに奴等なら、帝国の中枢《ちゅうすう》まで探れるだろう。が、錆を動かすということは帝国との敵対を引き起こす恐《おそ》れがある」

「この地で錆に勝てると思ってるんですか？」

「……難しいと踏《ふ》んだからこそ、奴等の要求をのみ、クルッシュ魔法学園を戦場とした。その時が来れば、この学園を戦場とした理由がお前にも分かるだろう」

勝てないだろう。直属の騎士達だけでは。

「父上。貴方は、ここで勝負を決める気なんですね」

でも、父上の覚悟《かくご》は分かった。

父上が右手の人差し指にはめている指輪、それが何よりの証拠《しょうこ》だ。

「そうだな。まさか帝国との戦争が持ち越《こ》しになった今、これほど早く力の指輪を持ち出すことになるとは思わなかった」

あれは公爵家の当主が鬼神《きじん》と恐れられる理由となったマジックアイテム。

歴代公爵家当主のみが使用を許される、力の指輪。

力の指輪を持ってきたということは、父上はこの場でけりをつける気だ。

「世の中は、思うがままにいかないことばかりだ。私が公爵になっても変わりはしない」

「父上は……敵対を望んでいないというわけですか」

「……」

「沈黙《ちんもく》は肯定《こうてい》と、受け取りますが」

父上はゆっくりと立ち上がった。

「好きに想像すればいい。お前の頭の中まで支配するつもりはない」

父上とはいえ、陛下の思いには逆らえない。そういうことか。

「そういえば父上。どうして俺にあの二人を」

クラウドとシルバのことだ。使いようによっては、父上直属の騎士よりも使える。

「スロウ、この件については好きに動け。何をしてもいい」

「どういう意味ですか」

「言葉通りだ。このままでは、完全な勝利は難しい。奴等が想像も出来ない異分子が必要だ。そのための鍵《かぎ》は与《あた》える。あの二人を好きに使え」

「……分かりました」

シルバとクラウド。

あの二人は、嘗《かつ》てスロウ・デニングの両翼の騎士《ツインナイト》と呼ばれ、何をするにも一緒だった。

俺が風の神童と呼ばれるに至った理由、半分ぐらいはあいつらのサポートがあったから。

だけど、わざわざこの場所にあいつらを連れてくるなんて父上も本気だな。


「さて、スロウ。こんなつまらない話をするために、お前を呼び出したわけじゃない」

「魔法《まほう》学園を戦場にするんだ、とてもつまらない話じゃないと思いますが」

「……お前の元に、サンサを通じてミントを派遣《はけん》した理由だ」

「ああ。父上の従者ですか。突然《とつぜん》、俺の新しい従者候補だとか言われて驚《おどろ》きました」

「ミントはあのグレイスの娘で、極《きわ》めて優秀《ゆうしゅう》だ。まだ姿をさらさせるつもりはなかったが、錆が相手だ。出し惜しみは出来ない。予定よりは早いが、あの子にも働いてもらう」

「ミントが父上の切り札であること、それが俺を呼び出した理由ですか？　俺にあの子のサポートをしろと？」

「違う。私はな……お前に、大きな望みがあるなら、勝ち取ってみろと言いたいのだ」

「勝ち取る？　俺はこれまで勝ち取ってきたと思いますが」

「公爵家に関しては、違う。お前がかけた迷惑《めいわく》は、甚大《じんだい》だった」

ぐぬぬ。そこを突《つ》かれたら何も言えない。確かに甚大だよ。

「だが……スロウ、お前がマグナを討《う》ち取れば——自由にしてやる」

おうふ。そうきたか。


夜にはクラウドやシルバを巻き込んで、懐《なつ》かしい夜を過ごす。

「いやー。やっぱり腐《くさ》っても公爵《こうしゃく》家ってことですか。坊《ぼっ》ちゃん、こんないい部屋に住んでいたなんて！　ずるいなあ！」

「シルバ。スロウ様は正当な公爵家の血を引く直系だ。当たり前だ」

「やっぱり家柄《いえがら》が大事ってことかあ」

まだ錆の連中が攻《せ》めてくるまでには時間がある。

学園の一般人《いっぱんじん》の避難《ひなん》が完了《かんりょう》するまで、奴等が動くことはない。

学園で料理を作るシェフ達も避難するのだから、温かいご飯が食べられるのは今夜が最後だろう。俺はしこたま食堂から料理を取り寄せて、皆《みな》と一緒に舌鼓《したつづみ》を打っていた。

シャーロット、そしてクラウドとシルバ。

皆を俺の部屋に招いて、思い思いの時間を過ごす。

この面子《メンツ》で集まると、昔を思い出す。

それは俺だけの感傷でもなかったらしい。温かい空気の中で、これから俺達が錆という危険な連中と戦うという事実を思わず忘れてしまいそうだ。

「シルバ。公爵家の生まれだからっていいことばかりじゃないぞ。こうして、戦いにも巻き込まれるしな。はーあ、俺もサンサと一緒《いっしょ》にあっちに行きたかったなあ」

何も遠慮《えんりょ》することのない友といるんだ。自然と俺の声も弾《はず》んでしまう。

一歩部屋を出れば、住人を失ってがらんとした男子寮《りょう》。

それでも俺の部屋だけは、夜通し、声が弾んでいた。

「てか、坊ちゃんの噂《うわさ》は、どこにいても聞こえてきますよ」

「シルバ。スロウ様が本気になれば、当然のことだ」

遠慮もない。好き勝手に話をし、あいつらのこれまでを聞きながら、話に花を咲《さ》かせた。

控《ひか》え目に言っても、最高だった。

話題は尽《つ》きない。

「スロウ様。どうかされましたか？　浮《う》かない顔ですけど……」

考え事をしていた俺を心配してか、シャーロットが問いかけてくる。

「そういえば、坊ちゃん。何でも公爵様と話したそうですね。あのサンサちゃんがヨーレムの街に追いやられて、ついに坊ちゃんが大出世ってことですか」

「おいシルバ。余計なことを言うな」

「公爵はサンサちゃんよりも、坊ちゃんを選んだってことでしょう?」

「お前ぐらいだぞ、サンサ様のことをちゃん付けするなんて……」

「クラウドの旦那《だんな》も知りたいくせに。目が泳いでますよ」

「それは……まあ、な。誰《だれ》だって気になる」

「ほらほら、坊ちゃん。俺達の間に隠《かく》し立てはなしですよ」

「父上が言ったんだがな……敵の頭を討ち取れば、俺を自由にしてやるってな……」

その言葉には、さすがのこいつらも絶句していた。

「……」

「……」

「……あり得ないよな」

可笑《おか》しい。

絶対に可笑しい。

あれだけ俺を公爵家当主にするために画策していた父上が、俺を自由にさせる?

「……坊ちゃん、こんなうまい話はないすよ。クラウドの旦那もそう思いますよね?」

「……そうだな。スロウ様、俺も同意見です。こんなうまい話は、ありません」

シルバやクラウドは俺の意思を読み取って今回の戦いを利用しろというが、俺は納得《なっとく》出来ていなかった。

俺の父上、バルデロイ・デニングは、あんな男だっただろうか。

「お前達は、父上のことを知らなすぎる。あの人はだな……」

「公爵様も今の坊ちゃんの姿を見て、考えを変えたのかもしれないじゃないですか。少なくとも、そうやってぐちぐち思い悩《なや》む姿は坊ちゃんらしくないっすよ」

確かに。それもそうか。

まだ錆の連中が攻めてくるまでには、時間がある。

その間に、学園の中を歩き回った。

生徒がいなくなった学園。ピリピリとした空気が漂《ただよ》っている。

朝霧《あさぎり》の中では、まるで辺境に取り残された遺跡《いせき》のようにも思えた。

「……」

公爵家を追い出されて、それでも俺の望む形で学園にやってきた。

だけど、ここ数日は、嘗ての生活を取り戻《もど》した気がした。

夜になれば、昔のようにあいつらと一緒にお茶会を行い、話し合う。

あれが頭の整理にもなり、俺達は嘗て、毎夜の話し合いを通じて成果を上げていた。

夜のお茶会をするようになって三か月程度が経過した頃《ころ》、徐々《じょじょ》に俺の名前は公爵領地に広まっていった。一年もすれば、騎士《きし》国家という国に響《ひび》き渡《わた》っていたように思う。

クラウドやシルバがどこからか噂話《うわさばなし》を聞きつけて、俺が解決のために動き出す。

時には誰の目にも入らぬよう夜のうちに公爵領地をこっそり抜《ぬ》け出したこともあった。


けれど、俺の未来に敷《し》かれた公爵家当主というレールに絶望し、俺は全てを投げ出した。

結果、シャーロットとこの魔法学園で二人だけの生活を始めたわけだ。

「魔法陣《まほうじん》を敷け。避難が完了するまでに、終わらせる」

「分かりました！」

父上の騎士達が中心となり、戦いに向けて準備を進めている。

軍属志望の先輩《せんぱい》や同級生が、騎士達のサポートに回っている。

はあ、困ったもんだよ……。

先輩方は活躍《かつやく》出来ると思ってるのか。相手は、歴代公爵が頼《たよ》りにし続けてきた錆だぞ。

学生の参加を認める父上も父上だ。死ぬぞ、まじで。相手がどれほど強大か。

一番それを知っているのは奴等《やつら》に仕事を与え続けてきた父上だろうにさ。

はあ、クラウドにはシャーロットをヨーレムの街まで送るよう言っといてよかった。

「……スロウ様どうしたんですか？　そんなに悩むことですか？」

「何か裏があるんじゃないかって思ってさ……」

ベンチに座り、ぼけっとしていた俺を心配して、シャーロットが話しかけてくる。

悩むよ、悩むさ！

だって、目の前に俺が欲《ほ》しかった全てがぶら下がっているんだから！

「……ぶひ？」

……ぼけっとしていたけど、今のシャーロットだったよな？

学園の関係者、大半が避難しているっていうのに、何でシャーロットがいるの？

シャーロットの護衛役に任命したクラウドの姿を探し回って、詰《つ》め寄った。

クラウドとシルバの指揮権は俺が持っている。

今回、クラウドを護衛に任命したのだ。

シャーロットと一緒にクラウドはヨーレムの街へ。

サンサも大変だろうし、手足となって動く人間は一人でも多いほうがいいだろう。すると、生徒と一緒になって魔法陣作りを手伝っているクラウドを見つけた。

「おい。クラウド、どうしてシャーロットがヨーレムの街に行ってないんだよ。お前はシャーロットと一緒にヨーレムの街に行けといっただろ」

「そ、それは……サンサ様から、言われまして。従者が一緒にいないのはおかしいと。それにヨーレムの街のことは心配するなと」

「……」

「それにシャーロットも公爵様の手前、活躍しなければと燃えているので……」

「燃えているって……相手が悪すぎるだろ……」

俺だって手こずりそうな歴代公爵の子飼い連中だ。

「スロウ様、シャーロットにも何か仕事を与《あた》えたほうがいいと思いますが」

これから錆の連中とこの学園で戦うことになる。

すうっと、息を吸い込んだ。

慣れ親しんだクルッシュ魔法学園で、俺は父上率いる精鋭《せいえい》の騎士達と錆を迎《むか》え撃《う》つ。

瞼《まぶた》を閉じて無心になれば、聞こえてくる。

小枝に止まる小鳥のはばたき、冬風に吹《ふ》かれる葉のざわめき。

「そうだな……シャーロットには、あの子から情報を吸い出してもらうか」

あの子とは、父上の従者としてお披露目《ひろめ》されたあの子のことだ。

ミントはずっと俺達に協力的だった。

それにシャーロットとも馬が合っていた気がする。まさに適任だった。

●

「丁重《ていちょう》に扱《あつか》えよ、イチバン！　一つで、王都一等地に土地付きの家が買える一級品だ！」

「ひひっ、お前。誰に向かって物を言っている……」

「しかし、あの公爵家が俺達の要望を飲むとはなあ！　クルッシュ魔法学園と言えば、懐かしの母校！　再建して綺麗《きれい》になったばっかりって話だろ！」

ヨーレムの街の一角。建造中の一軒家《いっけんや》内に彼らはいた。

窓の無い家だ、外からは中の様子が分からない。彼らは作業員の恰好《かっこう》をし、肩《かた》に重たい材木を担《かつ》いで運び、出入りを繰《く》り返す。それは彼らが主要拠点《きょてん》に持つ隠れ家《が》だった。

「俺達は公爵家のパートナーだろ！　なんの理由もなく、解散なんて！」

「まだ解散じゃない、爺《じい》さんと公爵との間で意見の相違《そうい》があるだけだ」

「ひひ。頭がぼけてるのか、奴等の行動を見れば、俺達をぶっ殺す気満々だ、ひひ！」

「死にたくない奴は、逃《に》げてもいいって爺さんが言ってたぞ！」

「そんな奴、いねえよ！　皆《みな》、爺さんに拾われた命だ。俺はどこまでもついていくぜ！」

「ほんとに公爵《こうしゃく》をやっちまうのか？　なあ爺さん！」

出入りを続ける男達の中で、唯一《ゆいいつ》部屋の奥でじっと椅子《いす》に腰《こし》かける者がいた。

爺さんと呼ばれた男は、男達の中でも特別、老齢《ろうれい》ということもなかった。

けれど皆は知っているのだ。この男が、見かけ通りの年齢《ねんれい》でないことを。

爺さんと呼ばれた男は、渡された水晶《すいしょう》を磨《みが》きながら何かを考えている。

「皆に伝えておくが、クルッシュ魔法学園では一纏《ひとまと》まりに固まらないように。相手はあの公爵家。こちらの動きを捕捉《ほそく》する稀有《けう》な道具すら所有しているかもしれない」

彼らのことを知る者は、騎士国家でも限りなく少ない。

歴代公爵の直下に置かれ、裏の仕事をなす。彼らのような存在を公爵家が飼っているからこそ、公爵家が恐《おそ》れられ、未《いま》だ騎士国家において強大な権力を保持し続けている。

「公爵の相手は私に任せればいい。それより血の回収を怠《おこた》らないように。特にイチバン君、君の仕事は分かっているかな？」

「ひひ……スロウ・デニングの相手だろ……」

「君にしか出来ない仕事だ」

「ひひっ。それより公爵だ。今度は力の指輪、持ってくるか」

「恐らく」

「ひひひ……楽しみだ……」

「さすがのイチバン君でも、力の指輪を使った公爵には歯が立たないだろう。もっとも、あちらに力の指輪があるようにこちらにも切り札がある」

「ひひ、最強の力を味わってみたい。それに夜にやらなくてもいいってのが最高だ……」

「馬鹿だな、イチバン。俺達の得意な時間が夜だろ」

「……ひひ、太陽の下で戦いたいんだよ」

彼らは、一様に愛国者だ。

自分達のような汚《よご》れ役を引き受ける人材が、必要だと理解している。

一人一人がクルッシュ魔法学園の卒業生であり、国の未来を憂《うれ》う集団だ。

「なあ、爺さん。計画通り、ゾクゾクと学生らの避難《ひなん》が始まったぞ。だけど、ここで一つ問題だ。やる気のある生徒が残っているらしい」

「驚《おどろ》かせてやりなさい。ただ、殺しは無しだ。これは我々と、公爵家の戦争だからね」

学生は国の宝。殺しはしない。彼らは共に愛国者である。

襲撃《しゅうげき》が起きた。

それは旋風《せんぷう》のように、一瞬《いっしゅん》のこと。

だけど俺達が迎え撃とうとしていた錆の連中じゃない。

奴等が作り出したゴーレムだ。ゴーレムの集団が堂々とやってきたのだ。

あるゴーレムは壁《かべ》を乗り越《こ》えて、あるゴーレムは正門から堂々と。恐ろしい数のゴーレムが学園中を歩き回り、騎士達が構築した魔法陣を踏《ふ》み荒《あ》らした。

学生連中は大勢が怪我《けが》を負うが、死者はいなかった。

だけど、学生の士気に与えた影響《えいきょう》は甚大《じんだい》だ。

「……やっぱり無茶だったんだ。公爵家の戦いに、俺達が手出しするなんて！」

「死ななかっただけで奇跡《きせき》だよ……」

この独特の空気。一戦が行われて、生徒達がおびえている。

だけど、そんな生徒を公爵家の騎士達が戦争はこんなものじゃないぞと励《はげ》ましている。

「……坊《ぼっ》ちゃん、やられましたね」

戦場に出ていた俺とシルバの目は別の場所を向いていた。

「ああ。俺達がゴーレムの相手をしている間に、奴等はしっかりと陣地《じんち》を得た」

奴等はゴーレムで攻《せ》めてきた際に、ちゃっかり敷地《しきち》を一部、占有《せんゆう》した。

正門から学園中央までを目指して長い道が走っている。

通称《つうしょう》、メイン通り。

正門からメイン通りを見て、右側に教育機関が集約されている。図書館や実験場、さらには鍛冶屋《かじや》や幾《いく》つかの宗派に分かれた教会なんてものもある。

そして校舎が幾つも十分な幅《はば》を持ち、立ち並んでいる。

多くの建物は廊下《ろうか》で繋《つな》がり、魔法学園に一年真っ黒豚公爵《ぶたこうしゃく》として通った俺でも詳《くわ》しい全容は把握《はあく》出来ていない。というか何の目的で使うのか分からない校舎が幾つもあるし、全容を把握しているのは学園長ぐらいって噂《うわさ》もある。

「坊ちゃん、あっち側を守っているゴーレム。さっき襲《おそ》ってきたのとは質が……」

「だな。まるっきり違《ちが》う」

今、あちらは仮面を被《かぶ》った男達が歩き回っている。そして奴等の陣地を守るように、ゴーレムが徘徊《はいかい》している。見せかけだろうが、黄金の鎧《よろい》を身に纏ったゴーレムがな。

「あのゴーレムを見ただろ！　悔《くや》しいが、俺達がいても邪魔《じゃま》になるだけだ！」

「今、奴等の陣地を守ってるゴーレムはより質が高い！　俺達の魔法は通用しない！」

あれだけやる気に満ち溢《あふ》れていた先輩方《せんぱいがた》もすっかりびびっている。

無理はない。錆の連中が使役《しえき》していたゴーレムは、質が違っていた。さすがの先輩方も破壊《はかい》される直前になったら自ら爆発《ばくはつ》するゴーレムなんて見たことがないだろう。

奴等は戦わずして、俺達をメイン通りから左の居住区に押し込んだのだ。

「正門から見て右が奴等の領域。左が俺達の陣地だ。分かりやすいな、シルバ」

「俺達が維持《いじ》出来る陣地にも限界、ありますもんね」

「その通りだ」

今や明確な境目が出来た正門から続くメイン通り。

あそこを境に、境界が出来た。

「守るべきものは、こっちに多い。あっちは幾らでも建て直せるからな」

「公爵様は、あえて右側を取らせたと」

「そこまで考えていたかは分からないけどな。だけど、少なくとも邪魔だった先輩方は今回の戦いをきっかけにヨーレムの街に避難するだろ。俺達にとってもゴーレム襲撃は意味のあることだった」

俺達は戦いを早く終わらせたいが、奴等には早く終わらせる理由もない。

援護《えんご》は、求められない。

この戦いは公爵家の問題であり陛下も父上も関係者をこれ以上、増やす理由はない。

「……そうか。だから、このクルッシュ魔法学園は都合がいいのか」

「どうしたんですか？」

「何でもない。こっちの話だ」

周りを深い森で囲まれて、情報の断絶が可能だから。

だからこそ、父上が最も信頼《しんらい》する面子《メンツ》で構成された超精鋭《ちょうせいえい》。

ま。そこに俺が含《ふく》まれているのが謎《なぞ》なんだけど。


「……見ろよ、これ。あいつら、派手にぶっ壊《こわ》してくれたよなあ」

ゴーレム戦は、俺にとっては大したものではなかった。

あれは、前哨戦《ぜんしょうせん》にならない。ただ、邪魔な学生を退け、騎士《きし》達が設置した魔法陣《まほうじん》を破壊し、陣地を確保するためだけのもの。

それは俺達も理解していた。

だから、数人の生徒を一パーティとさせて、一パーティごとに公爵家の騎士がついていた。

生徒が死ぬことがないように、公爵家としても彼らの家族のために最大限の配慮《はいりょ》を。

おかげで死者は出なかった。

あれだけのゴーレムが攻めてきたにしては素晴《すば》らしい戦果だ。

「って、納得《なっとく》出来るかよ。何だよ、最初から取り決めしていたみたいなあの戦いは」

——まるで、父上と奴等《やつら》の間で事前にこうしようと取り決めがあったみたいだ。


父上の居場所は彼女だけが知っている。

バルデロイ・デニングの専属従者、ミント。

彼女の居場所を探すのにも苦労したが、彼女は俺達の陣地で最も高さのある時計塔《とう》の最上階にいた。窓枠《まどわく》に腰掛《こしか》け、外を見つめている。

狙撃《そげき》手らしい行動だ、学園を一望出来る場所を探していたらしい。

「若様、何の用ですか」

「父上と話をしたい。今、どこにいる」

「公爵様は休養中です」

「俺はあいつの息子《むすこ》だ」

「どこから情報が洩《も》れるか分からない。公爵様の居場所は秘匿《ひとく》しています」

「……頭が固いな。それより、分かったよ。君が俺の従者候補としてクルッシュ魔法学園にやってきた理由。学園を事前に探索《たんさく》するためだろ」

「さすがですね、若様。その通りです。陣地の理解は基本中の基本ですから」

ミントが先行して学園にやってきていた理由。

学園を知るためだ。ミントは学園が戦場になることを知っていた。

だから、ああして歩き回っていたわけだ。

シャーロットからも学園の構造を聞いて、自分の目で確かめていたんだ。

どこなら狙撃手としての自分を最も活《い》かせるか、俺の従者候補として探《さぐ》っていた。

「教えないっていうなら、力でねじ伏《ふ》せたっていいんだ」

「やる気ですか？　若様、私を舐《な》めています？」

ミントは頑固《がんこ》だな。教えてくれる気配がない。

「じゃあ、一つ教えてくれ。父上は今の状況《じょうきょう》についてどう言っている」

「学生を排除《はいじょ》したいだけの小手調べだろうって、公爵様は言っています」

「だろうな。だからこそ思うんだ。あれは父上と奴等で決めていた流れじゃないのか」

「……」

全てが敵の掌《てのひら》の上、そんな感じだ。

ミントは答えなかった。その表情から、内心を窺《うかが》うことは出来ない。

さすが父上の従者だよ。秘密主義の父上みたいに、ペテンが上手だ。

サンサのことをずっと騙《だま》していただけはある。

「このまま話をしていても埒《らち》が明かないな。じゃあ、本人から直接聞くことにするよ」

「公爵《こうしゃく》様の居場所なら教えないと言ったでしょう」

「大丈夫《だいじょうぶ》、もう君から聞くことはなにもないから」

俺の耳はさっきからこの場所にやってくる小さな足音を捉《とら》えていた。

「公爵様、何故《なぜ》ここに！」

「ミント、席をはずせ。久しぶりに機嫌《きげん》がいい」

現れたその男は、手には小さい酒瓶《さかびん》と見覚えのある剣《けん》を持っていた。

「この魔法剣ダブルと引き換《か》えに、幾つか質問に答えてやろうと思ってな」


父上が酒を飲むなんて珍《めずら》しい。

酒は五感を鈍《にぶ》らせる。騎士達にも戦いの前には飲むなと厳命していたはずだ。

戦場を前に、顔を赤らめた父上を見るなんて。

「父上。酒は控《ひか》えたと聞きましたが」

「まさか私が生きている間に再びこれを目にすることが出来るとは思わなかった」

それは俺がサーキスタ大迷宮《ダンジョン》でゲットした魔法剣、ダブル。

どうやら父親はあの剣を肴《さかな》にして酒を飲んでいたらしい。

魔法剣ダブルは、俺が大迷宮《ダンジョン》から帰還《きかん》後にすぐに公爵家へ送ったが、もう父親の手の中にあるとは。

「少し感傷に浸《ひた》っていた。ルイスが公爵家を去る際に餞別《せんべつ》代わりとして取り返しはしなかったが、このタイミングで戻《もど》ってくるとは」

父上とルイスは兄弟だ。

公爵家を去るまでは仲が良かったとも聞いていた。ルイスがあのまま公爵家に残っていれば公爵家の当主となっていたのはルイスの方だっただろう。父上とルイスはライバルとしてお互《たが》いを高めあっていたらしい。一方的に父上が突《つ》っかかる方だったらしいが。

「父上。俺はサーキスタ大迷宮《ダンジョン》でルイスに会った。元気だったよ、もう死んだけどな」

「……そうか」

「信じるのか？」

自分で言っといてあれだけど、今のは意味不明すぎる言葉だろ。

「サーキスタ大迷宮《ダンジョン》はそういう場所だ。死者すら生き返る」

なんだよ。

もっと驚《おどろ》くと思ったのにな。

「お前がミントに聞いていた質問だがな、これは公爵家と錆の戦いだ。部外者は一切《いっさい》、関《かん》与《よ》させない。その点に関して、私とマグナの意思は一致《いっち》している」

「敵対するにしては、随分《ずいぶん》仲良しなんですね」

「どちらかと言えば、敵対しているのは陛下だ。マグナの心臓を望むぐらいにな」

「……父上。貴方《あなた》の本心はどこにあるのですか」

「私は公爵だ。下らん情に流されるわけにはいかない。陛下の命令は、絶対だ」


陛下は、錆の殲滅《せんめつ》を望んでいる。

陛下は、北方で錆の連中が下手を打ち、帝国《ていこく》を刺激《しげき》すると思っているのだ。

だけど奴等は二流じゃない。

錆の頭目であるマグナがいる限り、錆の工作員は冷静に帝国を調べ上げるだろう。

父上はマグナという男が癖《くせ》のある錆の連中を完璧《かんぺき》に抑《おさ》え込むことが出来ると思っている
が、女王陛下は錆の連中を信じ切っていない。アニメの中でも、錆の連中がどれだけ有能であるかを陛下が理解するのは、戦争が始まってからだからな。

錆の連中はあの未熟なシューヤを抱《かか》え、アニメでは帝国に潜入《せんにゅう》してたからな。

「どうして心臓を」

「私も先代から聞かされただけだが、マグナの心臓は体内で燃えているらしい。面白《おもしろ》い話だろう。そうだな、いい機会だから教えておくか。マグナと出会ったら、奴の子飼いが集まってくる前に奴を凍《こお》らせろ。そして、そのための武器が今、手に入った」

父上は酒を呷《あお》りながら、魔法剣ダブルの柄《つか》を握《にぎ》りしめた。

「マグナのこと……随分と詳《くわ》しいんですね」

「歴代公爵から、代々伝えられてきたことだ。マグナを殺すには、凍らせろとな」

「それを向こうは知っているのですか」

「当然、知っている。だがマグナは用心深い、簡単に姿を現すわけがない。最初はお互いに力の削《けず》りあいになるだろうが、時が来れば私が討《う》つ」

「その時に力の指輪を」

「ああ」

父上の指に嵌《は》められたくすんだ銀の指輪は、力の指輪と呼ばれている。

歴代のデニング公爵に受け継《つ》がれ、デニングの名前を世界へ広めるに至ったマジックアイテム。副作用もでかいが、瞬間的《しゅんかん》に大いなる力を手に入れられる諸刃《もろは》の剣《つるぎ》。

「スロウ。お前が戦う理由は何だ？　お前にとっては巻き込まれただけだろう」

「クルッシュ魔法学園を、また壊されちゃ堪《たま》らない。それだけだよ」

一度、ならず、な。

「ふっ。そういえば、お前が守り抜《ぬ》いた学園だったな。そうだ、マグナを討てばお前を次期当主にしてやってもいい。どうだ、より……やる気が出るか？」

「全力でお断りだよ。でも、父上がその調子じゃ、マグナは俺が倒《たお》すかもな」

らしくない。

マグナは父上にとって因縁《いんねん》の相手だ。

冗談《じょうだん》でも、俺に譲《ゆず》ろうとするなんて。

「……そうか、全力でお断りか」

小さく父上が笑った。

酒を飲みながら、父上はその後もマグナとの関係を教えてくれる。

父上が公爵となったときに、先代の公爵からマグナの性格、奴が管理する錆との付き合い方、そしてマグナは人間ではないとの与太話《よたばなし》。秘密主義の父上にしては珍しい。

全ては歴代公爵にのみ代々引き継がれる話だろう。

饒舌《じょうぜつ》な父上。こんな機会、滅多《めった》にない。だから――。

「どうしてサンサじゃなくて俺を学園に残したんですか」

「お前は、サンサとは違《ちが》う。もし私の身と勝利。どちらかが目前にあるとすればお前はためらうことなく勝利を選ぶことが出来るだろう」

「そんなことは……」

「出来る。お前は切り捨てることが出来る人間だ。私やサンサとは大きく違う」

「……」

何も言い返すことが出来なかった。

俺は大事なもののために全てを切り捨てた前科があるからな。


夜は俺達の作戦会議の時間だ。

夜会――面子《メンツ》は、クラウドとシルバ、そしてシャーロット。

「あの、スロウ様。私、思うんですけど、どうしてあのモロゾフ学園長様が、クルッシュ魔法学園を公爵家の戦場にすることを許したんでしょう」

「女王陛下の強い思いだよ。陛下は錆の連中を殲滅すること、ただそれだけを望んでいる」

「……やっぱり公爵様が自ら動かれるってことは、陛下が大きく関わっているんですね」

父上の頭が上がらない人物はこの世界でただ一人。女王陛下だけだからな。

「あ。そういえばシャーロット。今日、父上に言われたんだ。俺が錆の頭目、マグナを倒したら俺を次期公爵にしてやってもいいってさ」

「……それでスロウ様、なんて答えたんですか？」

「お断りだって、言ってやったよ」

そして、父上の予言は的中した。

俺達を待っていたのは、紛《まぎ》れもない戦争だった。


「――坊《ぼっ》ちゃん、本当に俺達だけでいいんですか？」

道の向こう側を守るゴーレムを破壊《はかい》して、奴等《やつら》の陣地《じんち》に潜入する。

騎士《きし》達と共に行動する道もあったが、それは止《や》めておいた。

「一緒《いっしょ》に行動するなら、勝手知ったる相手がいい」

「それは頼《たよ》られてるって考えていいんですか？」

「そういうことだ」

奴等の陣地、あいつらは中々姿を見せようとはしない。

さすが影《かげ》として、戦い抜いてきた猛者《もさ》。

自分達の得意な領域に引きずり込もうとしているのか。

「だけど中々、姿を現さないっすね」

「奴等には早く決着をつける理由がないからな」

「……勝てますかね、坊ちゃん」

「さあな。そもそも本当に父上が何を考えているのか、分からない部分もある。だけど一つ確定しているのは、奴等を倒せば学園が破壊されないってことだ」

「っすね」

援護《えんご》は、求められない。

この戦いは公爵家の問題であり、陛下も父上も外に知らせる気はない。

「成程《なるほど》、確かにクルッシュ魔法学園はあいつらにとってやりやすい場所だろう」

学園の卒業生である奴等にとって勝手知ったる場所だ。

隠《かく》れる場所なんて、幾《いく》らでもある。

ここは奴等の陣地、何が仕掛《しか》けられていても可笑《おか》しくない。

慎重《しんちょう》に、校舎へ向かう。

あいつらが出てこないなら、奴等が好みそうな場所にこちらから行ってやる。

「シルバ。どこから出てくるか分からないぞ」

普段《ふだん》はたくさんの生徒で溢《あふ》れ返っているのに、今や空気が停滞《ていたい》していた。

「こういう戦いは苦手っす」

「……俺もだよ」

肩《かた》をぽきぽきと鳴らして、ちょっと空を見上げた瞬間だった。

地面が、砕《くだ》かれる。砂埃《すなぼこり》を吸い込まぬよう口を押さえた。

「ひひっ！」

獣《けもの》のように地面すれすれから、高速で俺達に接近してきた。

そして足元から、俺の顔面を狙《ねら》って蹴《け》りを繰《く》り出してきたんだ。

視界の外からの攻撃《こうげき》。今のはまさにコクトウの攻撃そのものであった。

何とか反応出来たのは、ミントの指摘《してき》通り、風を纏《まと》っていたからだ。

「ひっひ！　驚いた！　よく見抜いたなッ！」

そいつは狼《おおかみ》を模した仮面を被《かぶ》っていた。

あれは魂《たましい》の仮面だ。本人以外が取り外すと、顔が無くなる恐《おそ》ろしいマジックアイテム。

素性《すじょう》がばれたらまずい暗殺者や盗賊《とうぞく》なんかが好んで身に着ける偽《いつわ》りの仮面。

「ひひ！　俺の標的スロウ・デニング！」

髪《かみ》を後ろに結び、印象に残る可笑しな笑い方。

やだなあ。イチバン……あいつのことはよく知っている。

「ひひっ、楽しいな！　俺達には、打ってつけの場所だ！」

最初に一撃を放ってきたイチバンが、俺達の周りを付け狙っている。

アクロバティックな動きで、相手を翻弄《ほんろう》する曲芸師。

錆の実動部隊の中でも、リーダー的な役割を担《にな》うことが多い――イチバン。

「ひひ！　数十年たつと、やっぱり変わってるよなぁ！　ここまで綺麗《きれい》じゃなかったぜ！」

錆の連中は、仕事では恐ろしく静か。

だけど、今は猛獣《もうじゅう》のように学園を走り回っている。

「一旦《いったん》、校舎の中に逃げるぞ、シルバ。外は狙い撃《う》ちにされる！」

「ひひひ！　待てよ！」

俺達は校舎の中に逃げ込んだが、これが失敗だった。

「構うな、シルバ！　あそこから、降りるぞ！」

常識にない無茶な体勢で奴等は魔法《まほう》を繰り出してくる。

イチバンとコンビを組んでいるらしい猿《さる》仮面の男は、枝をつかんで校舎の中へ魔法を放ってくる。校舎の中に逃げ込んだが、より状況《じょうきょう》は悪化した。

「坊ちゃん、あいつらの動き、なんなんですか！」

あいつらに追い立てられていた。

細長い廊下《ろうか》を抜け、階段を降りる気にもならなかった。

そのまま三階の窓ガラスをぶちやぶり、一瞬の浮遊《ふゆう》。そして着地。

魔法で、衝撃《しょうげき》をずらし、上から俺に続いたシルバを魔法で受け止める。

「あざす！　坊ちゃん！」

「すぐにあいつらも落ちてくるぞ！　いいな、シルバ！」

落ちてきた所を狙い撃つ！

魔法の弾幕《だんまく》。しかし、奴は器用に射線を見極《みきわ》め、避《よ》けていく。

「坊ちゃん、あいつら、逃げていく！」

「俺と魔法の撃ち合いは利がないと考えたんだろ。賢明《けんめい》な判断だ」

こちらと真正面から戦うつもりはないんだろう。

卓越《たくえつ》した技能と、裏付けされた経験。

行動に迷いが見られない。

彼らは戦闘《せんとう》に私情を挟《はさ》まない。意に添《そ》わぬ指令でも、やり遂《と》げる者達だ。

これが、騎士国家の暗部を担ってきた集団か。

「なんなんだよ、あれ……それにイチバンって名前も変な奴だな」

奴等は名前を持っていない。

存在を抹消《まっしょう》してからは、数字を与《あた》えられている。

数字が小さい程、優《すぐ》れているということ。

「シルバ、奴等の根城を探すぞ、どこかに構築しているはずだ」

錆は公爵《こうしゃく》以外では、連絡《れんらく》も取れない秘匿《ひとく》集団だ。

普段は何をしているか、一説では一般《いっぱん》市民に交じって生活しているようだが、誰《だれ》も知らない。彼らによって、悪事に手を染めた貴族が、誰も知らない場所で葬《ほうむ》り去られていく。

公爵になれば、彼らを使いこなさないといけないのだ。

「坊ちゃん、魔法で、あいつらの足を！」

「もうやってるんだよ！」

だけど、あいつら！

俺の魔法が飛んでくる場所を正確に予想しているのか、擦《かす》りもしない！

気が休まらない。奴等の根城を探したいのだが、すぐにあのイチバンが襲《おそ》ってくる。

「ひひ‼　楽しいなあ！　こんな真昼間から遊べるなんて！」

いつも暗闇《くらやみ》に忍《しの》んでいるからか？　どうでもいい！

「やりづれえ！　なんなんだよ、こいつらは！」

シルバと同意見だ。

だけど、あの経験が生きてる。

ミントの高い能力を明らかにしたコクトウの襲撃《しゅうげき》。

風を纏い、反射速度をあげる。

ただ常時となると、俺を中心に半径二メートルが限界。

それも動くものを察知するぐらいしか出来ないが、錆《さび》相手には有効だった。

あの経験があるから、何とか俺は錆の連中に対応出来ていた。

「坊ちゃんが公爵になったら、こんな奴等を使いこなさないといけないんですか……」

「断固お断りだ！　それよりシルバ、方針を変更《へんこう》する。奴等の陣地から退却《たいきゃく》だ」

「え、どこ行くんですか」

「宝物を探しに行くんだ」

俺が向かったのは、正門から見て左側。

つまり俺達公爵家が陣地としている範囲《はんい》だ。

あの連中は俺達が奴等の陣地から出ると追ってこなかった。やっぱり理解しているのか。

こっちの陣地には、魔法の罠《わな》をそこら中に構築してあることを。

「で、坊ちゃん。お宝って、ここに一体何が？　入るなって書かれてますけど……」

「結界を開けられるなら、入ってもいいってことだ」

「……確かに結界を開けられるなら、入っていいって書かれてますね……。でもここって学園の偉《えら》い人達が住んでる場所じゃなかったっすか？」

「細かいことは気にしない」

向かったのは教員棟《とう》の最上階、学園長の部屋だ。

階を分割《ぶんかつ》する壁《かべ》を全て取っ払《ぱら》い、最上階を全て使用した大広間。

水の魔法使いである学園長の領域である。

「坊《ぼっ》ちゃん！　この部屋、植物が襲ってくるんですが！」

「学園長の私室だ。許可なく入れば、このざまだ！」

「こんな危ない部屋、聞いたことがないっすよ！」

勝手な侵入者《しんにゅう》には、学園長が手塩にかけて育てた植物が襲ってくる。

「シルバ！　俺は調べものをするから、しっかり背中を守ってくれよ！」

「呑気《のんき》すぎるって坊ちゃん！」

学園長が普段使っているのだろう大きな執務《しつむ》席は部屋の真ん中に設置されていた。

そこへ辿《たど》り着くまでは、学園長に丁寧《ていねい》に育てられているのだろう種類も分からない、大小様々な樹木の攻撃に耐《た》えなければならない。

シルバが後ろで枝を切り落としている間に俺は学園長の机、その引き出しを探《さぐ》っていく。

「……あった」

学園長、許してくださいね。

後で、ばれないように返しておきますから。


——学園に響《ひび》き渡《わた》る甲高《かんだか》い笛の音。

あれが、公爵家と奴等《やつら》の間で結ばれた約束の一つ。

戦いの始まりと終わりは奴等の笛で知らされる。

奴等に戦いの時間まで決められているのは癪《しゃく》だが、少なくとも今日の戦いは終わった。

「坊ちゃん、学園の修復費用、公爵家が持つって話すよね？」

「……」

「これ、大丈夫《だいじょうぶ》っすか？」

男子寮《りょう》の屋上から奴等が支配している陣地《じんち》を見渡《みわた》す。

綺麗に再建されたばかりだっていうのに、校舎には幾つもの穴があき、木々は薙《な》ぎ倒《たお》されている。あれが奴等と騎士《きし》達の戦いの凄《すさ》まじさを物語っていた。

「俺が心配することじゃないけど、頭が痛くなるな」

少なくとも、この規模の戦いが続けば……学生の間でこっそり行われている賭《か》けで大負けする者が多くなるだろうな。校舎三つでは済まないだろう。

屋上から部屋に戻《もど》ると、シャーロットとクラウドが俺の部屋で待っていた。

「……え？　あの子が大戦果を挙げた？」

「大したものですよ、スロウ様。公爵様が従者に指名しただけのことはあります」

本日、一番の戦果を残したのは、他でもないミント。

遠距離《えんきょり》からの狙撃《そげき》で、二人を倒したらしい。

奴等は胸を穿《うが》たれて、即死《そくし》だったとか。

騎士達がかく乱し、狙撃手のミントが一人、一人、確実に仕留めていく。

単純だが、効果的な作戦だ。そして恐ろしいのはここからだ。

近くにいた騎士達が顔を確認《かくにん》するために仮面を取ったら、その下は能面。

「ひ、ひえええ……夢に出そうですね……」

シャーロットが小さく悲鳴を上げる。

恐ろしいなあ、あの仮面。素性を隠《かく》すためって言っても、あそこまでやるか。

「……公爵様がおられる戦場では、不思議なことが起こると聞いたことがあります。危ない場面、どこからか矢が飛んできて命を救われたと」

クラウドがしみじみとした顔で語っている。

「戦場の女神《めがみ》があれほど幼い子だったとは」

あの年で戦場の女神か。

一体、何歳《なんさい》から戦場に出されていたんだろう。

というかサンサの訓練から抜《ぬ》け出して、父上の戦場に駆《か》け付けるなんて。

そっちの苦労の方がある意味、大変だったんじゃないか。

さすが父上の従者、敵にしたくない。

こちらの犠牲《ぎせい》はミントの援護《えんご》もあって〇人《ゼロ》、初日にしては素晴《すば》らしい戦果。

「それで、坊ちゃん。わざわざ、あんな部屋に向かった理由は何なのですか？」

「これだよ」

丸まった羊皮紙を机の上に広げた。

俺がモロゾフ学園長の部屋に忍び込んでまで、欲《ほ》しかったもの。

それは地図だ。大きな地図の上で動く点を見て、シャーロットも誰もが声も出さずに驚《おどろ》いている。今、この学園にいる人間が点として表れている。アニメ知識、万歳《ばんざい》。

「す、凄《すご》いっすね、坊ちゃん、これ」

「残念ながら、精度があまりよくないんだ。ほら、俺達がいる男子寮を見てみろ。点は二つあるけど、俺達は四人いる。この地図を過信するのは危険だが、大体の奴等の動きは掴《つか》めると思ってな。知りたいのは奴等の拠点《きょてん》だ」

公爵家の精鋭《せいえい》と戦うんだ。

俺達と同じように回復薬や貴重なマジックアイテムを奴等はこれでもかと、どこかに持ち込んでいるだろう。出来れば早い段階で叩《たた》き潰《つぶ》しておきたかった。

「クラウド、シャーロット。二人にはこれを預けるから、敵の拠点を見つけてほしい」

あの地図は歴代の学園長が、学生の動きを観察するためのものだ。

だけど描《えが》かせた地図は百年近く昔のもので、その間にクルッシュ魔法《まほう》学園は再建や増改築が盛《さか》んに繰《く》り返されている。

あの地図と奴等の動きを照らし合わせ、拠点を見つける。地味な仕事が大得意なクラウドと、学園の地理に詳《くわ》しいシャーロットにしか出来ないことだ。

「それで、クラウド。俺に話って？」

クラウドから話があると廊下《ろうか》に呼び出された。

真面目なシャーロットは地図と睨《にら》めっこ、シルバは早くも就寝《しゅうしん》している。

「俺の思い過ごしかもしれないんですが、気になっていることがありまして……ゴーレムが学園を襲撃した時のことなんですが」

「なんだ？」

「……あの時はまだ俺達の危機感も薄《うす》かった。様子見にシャーロットと一瞬《いっしゅん》、外に出たのですが、その時……ゴーレムがシャーロットの姿を見て、引いた気がするのです……」

四章　公爵《こうしゃく》の決断

本格的な戦闘《せんとう》が始まってから、数日が過ぎた。

クルッシュ魔法学園で行われている攻防《こうぼう》は、一進一退で膠着《こうちゃく》状態。

奴等が積極的に俺達を襲撃《しゅうげき》しないのは、力を見せつけているんだろう。

自分達がどれほど公爵家の役に立つ人材で、この場で自分達を殲滅《せんめつ》することがどれほど公爵家にとっての損失なのか見せつけている、それが騎士達の総意。

正解か不正解かは、父上を除いて誰《だれ》にも分からない。

「奴等、ふざけているのか！　真面《まとも》に戦おうともせず！」

「落ち着け。損耗は奴等のほうが大きいのだ」

父上の直属の騎士達はすっかり翻弄《ほんろう》されている。

まぁ無理もない、俺だってまだ一人も倒せていない。

騎士達もストレスが溜《た》まっているらしい。さすが父上直属、脳筋連中が多いなぁ。

でも、理解出来る部分もある。

「誰も口を割らぬ！　マグナの居場所を聞き出すのは無理だ！」

錆《さび》の連中は、固い絆《きずな》で結ばれている。

彼らは何をされても、口を割らない。

それに彼らは一様にマグナがどこにいるか、答えない。というか、知らないらしい。

あいつらは、父上よりもマグナへの敬意のほうが強いだろう。

「マグナはどこにいる！」

騎士達が本拠地《ほんきょち》にしている大聖堂は、苛立《いらだ》つ騎士で溢《あふ》れていた。

騎士達は各々《おのおの》、固まって休むものもいれば、適当に部屋を探し休んでいるものもいる。

夜になれば、戦いは発生しない。そういう約束を父上とマグナは結んでいるらしい。

というか、一方的に奴等が通知してきたんだ。

この地で奴等を殲滅する、そのために俺達は奴等の要求を呑《の》み続けている。

錆とは死を恐《おそ》れないいかれた連中の集まりだ。

はあ。まさか俺が錆の連中と戦うことになるなんて夢にも思わなかったよ。

「坊ちゃん。シャーロットちゃんとクラウドの旦那《だんな》、苦戦しているようですね」

「簡単に奴等の本拠地が分かれば苦労はしないさ。シルバ、俺達は部屋に戻ろう」

戦いが終わってからも、奴等は陣地の中で移動し続けている。

シャーロットの地図観察によると、奴等は寝《ね》ていないのではとさえ思えるとのことだ。

「たった数日で、これか……まだ俺達は奴等の根城も見つけてないのに……」

瓦礫《がれき》の山を前に、乾《かわ》いた笑いが止まらない。

暴《あば》れん坊《ぼう》のモンスター集団が一年間住み着いたら、こんな廃墟《はいきょ》になってしまうだろう。

ヨーレムの街に避難《ひなん》した学園関係者がこの有様を見たらどんな顔するかな。

「でも、こっちのほうが錆相手だと有難《ありがた》いか……」

奴等は遮蔽《しゃへい》物や建物を使い、姿を隠す。

勿論《もちろん》、俺達だって同じことが出来るが、あいつらのほうが長《た》けている。

奴等の陣地、中には既《すで》に倒壊《とうかい》している校舎もある。

昨日聞こえたでかい音はあれか。どれだけ激しくやりあったんだか。


部屋に戻ると、シャーロットとクラウドが地図と睨めっこをしている。昼間からずっと、奴等のアジトを探すために、二人は地図の上を走る点を見つめているんだ。

「頭が可笑《おか》しくなりそうですよ、スロウ様」

「だろうなクラウド。俺も絶対にやりたくない。だけど、価値はあるよ」

俺達の毎夜の作戦会議。

シルバが敵の動きに愚痴《ぐち》を零《こぼ》し、クラウドが目が可笑しくなりそうだと嘆《なげ》く。

「ミントちゃんから聞いたんですけど、今は相手の数を確実に減らしていく方針だそうです。凡《おおよ》そ、あちらの構成員は三十名前後。私達より少し多いみたいです」

そして、シャーロットがミントから聞き出してきてくれた情報を俺達と共有。

大体、そんな流れで進んでいく。

あっちも俺達が自由にやっていることは知っている。連携《れんけい》をとればいいとも思うが、俺達は自由にやらせたほうがいいとの父上の方針に騎士《きし》達も大人しく従っている。

「真っ当だな。特攻《とっこう》をかけても勝てる相手じゃないからね」

「しかし、坊《ぼっ》ちゃん。敵の大将マグナは一向に姿を見せませんねえ」

マグナは一向に姿を見せない。

こちらも父上は戦場に出ていないがその意味は違《ちが》う。

「スロウ様。向こうは公爵様との一対一を望んでいるようですが、さすがにそれは呑めないと突《つ》っぱねたそうです」

「当たり前だな」

クラウドの言葉に頷《うなず》いた。

そりゃあ、そうだ。

万が一、父上の身に何かがあれば、国としての損失だ。

それに父上は自分の手でマグナを討《う》つことを望んでいる。

その時に備えて、力を温存している。

「あ、ミントちゃんとのお散歩の時間なので……また後で」

「行ってらっしゃい、シャーロット」

最近シャーロットはよくミントと一緒《いっしょ》になって、ご飯を食べているらしい。

シャーロットには地図の観察以外に、ミントからの情報収集も頼《たの》んでいた。

この部屋に籠《こも》りっきりのシャーロットとあの最上階で狙撃《そげき》しっぱなしのミント。

どちらも息が詰《つ》まるだろうからな。

ミントも同年代の友達が欲しかったようで、シャーロットを歓迎《かんげい》しているらしい。そういえば、あの二人。最初っから相性《あいしょう》は悪くないみたいだった。

父上直属の騎士団の中でも、ミントの存在は秘匿《ひとく》されていた。

彼女は彼女で、複雑な立ち位置らしいのだ。

「でも坊ちゃん。前から気になっていたんですけど、どうして公爵の従者、あの子は俺達に色々教えてくれるんでしょうね。やけに協力的じゃないっすか？」

「さあな……」

「あの子は怪《あや》しいっす。情報を俺達に教えてくれるのも、何か裏があるのかも」

「……おい、ミントは仲間だぞ」

思えば、ミントはサンサに新従者候補として連れられてきてから、ずっと俺達の味方だった。早々と、正体を暴露《ばくろ》してたしな。

「それについては今日、シャーロットから聞きましたよ」

ずっと目を押さえていたクラウドが口を出す。

「あの子はスロウ様に恩を売っているって、そう言ってましたね」

「……恩？」

「恩を売っておけば、大きく返してくれそうだからって——打算的な娘《むすめ》のようです」


奴等《やつら》が攻《せ》めてくる時間帯は大体、把握《はあく》出来ている。

太陽が一番高く上がってから、夕刻まで。

「倒《たお》すぞ。今日も何も戦果を上げられなかったら、さすがに嫌味《いやみ》を言われるからな！」

戦いの合図は、甲高《かんだか》い笛の音だ。

昼間に一度、学園の中心部一帯に届くほどの大きな笛の音が鳴らされる。

大方、あれもマジックアイテムだろう。

「坊ちゃん、今日の目標は？」

「あの面倒《めんどう》な狼《おおかみ》仮面の男を倒す！」

「ああ、それはいいっす！　常に周りをウロチョロと、目障《めざわ》りったらないですからね！」

アニメの中では錆の実動部隊の中で唯一《ゆいいつ》の名前持ち。

錆の中で特に生きるに長けた人間で、戦闘狂《せんとうきょう》の気があった。しかも、しつこいッ！

そんな強者にマンマークされるのは御免被《ごめんこうむ》るっての！

「……こっちは特にひどいっすね」

奴等の陣地《じんち》に入ると、その凄惨《せいさん》な光景に目を奪《うば》われた。

「学園の関係者でもないお前でもそう思うか」

「こんなの、学園の生徒には見せられねえっすよ……」

「だな。戦いが長引けば長引く程《ほど》、被害《ひがい》は拡大する」

普段《ふだん》、俺達が日常の大半を過ごす場所が徹底的《てっていてき》に破壊《はかい》されている。

公爵家が占領《せんりょう》している道の左側はまだましだが、右側はひどい。

俺達の区画とは打って変わって、奴等の領域は破壊が激しい。奴等は俺達と戦っていない間でさえ建物を破壊し続けている。もはや、学園は見る影《かげ》もない。

これは、あえてだ。自分達の姿を隠《かく》しながら戦えるよう、戦場を作り変えている。

「坊ちゃん、止まってください」

シルバの足が止まる。

「そこに……何かが動いたような……」

瓦礫の中から、何かの気配を感じた。

俺も同じだ。何かが動いた。瓦礫の下で、何かがうごめている。瓦礫が爆発《ばくはつ》して、砂塵《さじん》に視界が無くなる。シルバがせき込み、俺は風の魔法《まほう》で一気に砂塵を吹《ふ》き飛ばす。

だけど――。

「そっちじゃない」

突如《とつじょ》、背後に現れた何かの気配。

奴等が投下したナイフを避《よ》けると、あいつが姿を現した。

「ひひ……また躱《かわ》された」

狼をイメージした仮面を被《かぶ》っている男、名前はイチバン。

姿を見せたと思ったら俺の視界からもすぐに消える。

「……」

この廃墟を生み出した奴等に怒《いか》りが湧《わ》いていた。

罠《わな》だと分かっていたが、奴が逃《に》げ込んだ校舎の中に入っていく。階段を上り、廊下《ろうか》に出た。二階だ。俺も授業で使う見慣れた校舎の中、様子はいつもと違っていた。

窓ガラスは割られ、既に他の騎士がこの場で戦ったのだろう、壁《かべ》には大穴があいて外が見えていたり、天井《てんじょう》が落ちて、上の階が見えていた。

……これじゃあ建て直した方が安くすみそうだな。

「シルバ！　数人隠れているぞ！」

「坊ちゃん、向こうの教室にいる……気がした！　たのんます！」

「ああ！」

俺は壁をぶち抜《ぬ》いた。

ノーアクションでこれだけの規模の魔法をぶっ放せるのも俺の強みだ。

奴等の姿が、隣《となり》の教室から露《あらわ》になる。

さすがに、俺がどでかい穴を教室の壁にあけるとは考えもしなかったのだろう。

中にはアニメの中では帝国《ていこく》に潜入《せんにゅう》した際、シューヤをサポートし続けた男。

イチバンの姿も見えた。

あいつは人間離《ばな》れした動きで、俺の魔法を避けていくが、一人遅《おく》れた。俺がノーアクションで壁を吹き飛ばしたお陰《かげ》で壁に叩《たた》きつけられ、その姿をはっきりと現している。

「はい、一人っと！」

逃げ遅れた一人にシルバが襲《おそ》いかかる。

「ひひ！　お前らもしっかりと壊《こわ》すようになったじゃねえか！」

「お前らに比べたら可愛《かわい》いもんだよ」

学園に配慮《はいりょ》していては、こいつらと渡《わた》り合えないからな。

その辺の遠慮《えんりょ》はもうとっくになくなっていた。

「ひひひ、スロウ・デニング。随分《ずいぶん》と俺達の気配に敏感《びんかん》だな。俺達みたいな連中と戦ったことがあるのか？」

「教えてやる義理もない」

俺達が狙《ねら》っているあの男。

イチバンは流れるようにその身体《からだ》を窓の外に投げ出した。

姿を追えば、校舎の壁を蹴《け》って華麗《かれい》に着地し、こちらを見て笑いながら姿を消す。

「坊ちゃん、やっぱりあのイチバンって奴が邪魔《じゃま》だ。俺達をマンマークしてやがる」

室内に置いてある机の上に腰掛《こしか》け、大きく息を吐《は》いた。

「中途半端《ちゅうとはんぱ》な戦力は役に立たない。父上が少数精鋭《せいえい》にこだわり続けた理由がやっと分かったよ。栄光に目がくらんだ俺の姉弟《きょうだい》だったら、深追いして簡単にやられてしまっただろう」

「……だな」

今日の目的は、アイツを倒すことだ。

シルバが一撃で仕留めた敵も、イチバンに比べれば実力は大きく劣《おと》る。

でも、イチバンに撹乱《かくらん》されながら、一人倒すことが出来ただけでも表彰《ひょうしょう》ものだろうさ。

校舎を出ると、奴が姿を現した。

「ひひ……今日は休ませねえぜ？」

「奇遇《きぐう》だな、俺も同じ意見だ」

イチバンは最初に出会った時、俺を標的だと言っていた。

どうやら父上直属の騎士達も同じ相手と戦い続けているらしい。

しかし、今日は様子が違った。

「……坊《ぼっ》ちゃん、何かがおかしい」

「そうだな……明らかに誘導《ゆうどう》されている」

校舎の側面を走ってまで俺達を狙ってきたイチバンが、急に俺達を執拗《しつよう》に付け回すことを諦《あきら》めたのだ。逆に追い立てるように、俺達を誘導していく。

どんどん学園居住区から、外へ。

見通しの良い原っぱ、その先は広大な農地が広がっている。

クルッシュ魔法学園は資源を全て外から運びこまれる馬車に頼《たよ》っているわけではない。毎日の食糧《しょくりょう》の半分ぐらいは自給自足で補っているんだ。

あっちは俺達の陣地でも奴等の陣地でもない。

「ひひ。ここまで生き延びた褒美《ほうび》だ。爺《じい》さんに、あわせてやる」

仮面の下から強烈《きょうれつ》な眼光を放ちながら、あの男、イチバンは姿を消した。

そこは、これまであいつらが戦いを避《さ》けていた場所でもある。

これだけ見通しが良ければ、物陰《ものかげ》に隠れ、ゲリラ戦を中心とした奴等の戦闘《せんとう》方法には余りにも相応《ふさわ》しくないからだ。

「坊ちゃん……あそこに人が……」

「シルバ、警戒《けいかい》を怠《おこた》るなよ」

農地に水を提供する巨大《きょだい》な池が幾《いく》つも存在する。

池と池を繋《つな》ぐ、桟橋《さんばし》の真ん中に誰《だれ》かがいた。

桟橋の上に座り込み、のんびりと釣《つ》りをしているのか。

背をしなった弓のように曲げ、傍《かたわ》らには飲みかけのコップ。

何者かが桟橋で呑気《のんき》に釣りをしているのだ。

「シルバ。俺一人でいく」

「坊ちゃん。もしかしてあいつは……」

「ああ、もしかするかもしれない」

今、このクルッシュ魔法学園で何が起きているか。

学園関係者であれば、知らぬ筈《はず》がない。

だったら、あのご老人はどこからか学園に入ってきた一般人《いっぱんじん》ってことか？

そんな馬鹿な。

足音を立てても、慎重《しんちょう》になっても、結局意味はないだろう。

「マグナだな」

釣りをしている後ろ姿に話しかける。

学園の中心では、こいつの部下と騎士《きし》達が戦っているというのに、呑気だ。

「何用かな。バルの息子《むすこ》よ」

マグナは変装の達人だとミントから聞いていた。

直《じか》に連絡《れんらく》を取り合っている父上でも本当の顔を知らないと言っていた。

であればこの姿は偽《いつわ》りなのか。

身体は脱力《だつりょく》し、釣りを楽しんでいるようにしか思えない。

とても公爵《こうしゃく》家の当主を狙う大物だとは思えない。

「今すぐ、部下を引き上げさせてくれ」

「急ぐな、バルの息子。自己紹介《しょうかい》すらさせてくれないのか」

「自己紹介なんていらない。今すぐ、あいつらを止めろ」

俺が何者か分かっているのか？

今この場で俺がこいつを捕《つか》まえれば、全て終わるんだぞ。

「バルの息子。そんなに構えていては、水の中の魚が逃げてしまう」

「この池には魚はいない」

「どうりで。ここ数日、何も釣れないと思ったよ。それで、バルの息子。何の用事で、このおいぼれの密《ひそ》かな楽しみを邪魔するというのか」

「まやかしは俺には通用しない。あんた、長生きすぎて人間じゃないって言われてるぜ」

「ふふ」

その枯《か》れ枝のような首に、杖《つえ》の先を突《つ》きつける。

僅《わず》かでも可笑《おか》しな真似《まね》を見せれば、捕らえる。

俺が無詠唱《むえいしょう》の魔法使《まほうつか》いだという事実も、このマグナなら知っていても可笑しくない。

だけど、恰好《かっこう》をつけなければ、この老紳士《しんし》が醸《かも》し出す空気感に飲み込まれるような気がしたのだ。背筋をよく分からない戦慄《せんりつ》が走り続けている。

「断る、と言ったら？」

「今この場で、俺があんたを倒《たお》す」

「出来ないよ。バルの息子。君には私を倒せない……残念ながらね」

枯れ木のような老人だ。だけど、飲み込まれそうな何かを感じた。

何も特筆するところもない。

杖を釣竿《つりざお》代わりにして、何も釣れないだろうに、糸を垂らしている。

動きはない。

本心から、言っているのか、俺を惑《まど》わそうとしているのか判断はつかない。

「……試《ため》してやるよ」

「シャーロット姫《ひめ》」

「……」

「バルの息子。その言葉だけで、お前は動けなくなるだろう？」


思わず、空を仰《あお》ぎ見た。

「……くそ」

この爺さん、まさかシャーロットに話を持っていくとは。

「素直《すなお》だな、バルの息子。私にとっては美点に思える、大事にするといい」

爺《じじい》、何を知っている。

いや、この余裕《よゆう》だ。知っているのだろう。

シャーロットが何者であるかを。

無論、シャーロットには優秀《ゆうしゅう》な護衛をつけた。クラウドが常に傍《そば》に控《ひか》えている。

「シャーロットに手を出したら、お前らは終わりだ」

クラウドは経験豊富だ。あらゆる状況《じょうきょう》に対応出来る男だ。

だけど、確かにこの爺さんがその気になれば、誘拐《ゆうかい》でも何でも容易《たやす》く行えるに違《ちが》いない。

だって、この爺さんはその身体のみで、騎士国家という大国を翻弄《ほんろう》しているのだから。

「君達を害す気はこれっぽちもない。そもそも出来ない。シャーロット姫には、あの風《アルト》の大精霊《アンジュ》までついているからね。このクルッシュ魔法学園に侵入《しんにゅう》する際、その姿を一目見ようとしたんだが、警告されてしまったよ。彼女に何かすれば、即座《そくざ》に殺すとね」

何が可笑しいのか、爺さんは低くしわがれた声で笑う。

……大精霊さんが直接、警告を発するって聞いたことがないぞ。

それだけ危険ってことか。……てか、あいつサーキスタから戻ってたのか。

「マグナ、あんた。どこまで……知ってるんだ……」

大精霊さんのことまで知っているとは予想外過ぎる。

「私はこの国について多くを知っている。とりわけ、公爵家については誰よりも。バルの息子、君を次期公爵として教育するよう伝えたのは私だ。一目で、特別だと分かったよ」

まいったな。

俺の目的なんか、全て把握《はあく》されていそうだ。

池の向こうでは、シルバが水切りをして遊んでいた。あいつ、やっぱり呑気かよ。

「バルの息子よ、安心していい。部下にも、シャーロット姫には手を出さないよう厳命している。無論、彼女の正体は伝えていないから安心したまえ」

「……信じられるかよ」

「信じるに足る証拠《しょうこ》はあるだろう。一度、見逃《みのが》しているじゃないか。君の騎士から報告を受けていないのかな。いいや、受けているだろう、初日のことだ。あれは私の指示でね」

「……」

クラウドが言っていた件。

あれは、そういうことだったのか。

俺にシャーロットには手を出さないということを証明するために、わざと。

「君にお願いがある。この学園から、去ってくれないか」

「それは言葉通り、俺には勝てないってことでいいんだよな」

「バルの息子。これまでも幾つもの難局を乗り越《こ》えてきたようだ。正直、君の行動だけは読めない。出来ることならこの地から早急《さっきゅう》に立ち去ってほしいものだ」

「あんたらが帝国《ていこく》を害す気を無くせば、全て丸く収まるんじゃないのか」

始まりは、錆を束ねるマグナの意思が女王陛下にまで届いたことにある。

こいつが、帝国を刺激《しげき》しないと陛下に誓《ちか》えば、陛下も錆の殲滅《せんめつ》という考えを改めるかもしれない。一件落着、俺達が戦っている意味もなくなる可能性があった。

「本気で言っているなら、失望だ。君に対する評価を改めざるを得ないよ」

初めてマグナは釣りをしている手を止めて、俺を見た。

「仮初《かりそめ》の平和は、長続きしない。彼らが動き始めてからでは遅《おそ》いのだ。帝国が我々に興味を持たぬよう、地下で動かねばならないのだ。出来るのは、我々だけだろう」

「……」

「帝国は常に反乱の火種を幾つも抱《かか》えている。力を持つ誰かの目が南に向いた瞬間《しゅんかん》、悲劇が始まるだろう。奴等《やつら》の弱点を利用してでも、我々は備えねばならぬのだ」

帝国は国として大きすぎる。闇《やみ》の大精霊さんの目が行き届かない場所もあるし、あそこはこれからも北方で抵抗《ていこう》を続ける国々を飲み込んで大きくなり続けるだろう。

今は飲み込まれた国の恨《うら》みは帝国に向けられているが、彼らが南に安住の地を求めた場合、また話は変わってくる。

「マグナ、お前の考えは分かるけど……陛下だって、その辺を考えていないわけがない」

「彼女は今しか見えていない。南における己《おのれ》の権力維持《いじ》を何よりも優先しているのだ」

帝国の脅威《きょうい》がなくなった今、大陸南方で騎士国家の立場が揺《ゆ》らいでいるからな。

今は南方での強大な立場の維持に力を注ぎたいんだろう。

未来を見ているこいつらと、今が大事な女王陛下。

折り合いが悪いのも当たり前、か。

「公爵が真に騎士国家の未来を思うならば、今、動くべきだ」

「……」

「君なら、理解出来るのではないかね？」

父上、無理だ。

この爺は、化け物だよ。

俺と同じアニメ知識があるかのように、帝国の脅威を正しく理解している。

そりゃあ、父上も錆の殲滅に対して、思うところがあるようなな反応をするわけだ。

「たとえ陛下の意に背《そむ》くとしても、公爵の責務として、動かねばならない。出来ないのであれば、公爵としては失格だ。価値がない」

この爺《じい》さんは父上に陛下の命令に背けと言いたいのか。

しかし、騎士国家にもこんな頭の切れる愛国者がいたのか。

「バルの息子。君なら、分かるだろう。陛下とて人間、間違うのだ」

「……」

「バルに、伝えてくれないか。私を殺すのか、逃《に》がすのか。自分で決めろ、となと」

まいったぞ、父上。

……この爺さん、とんでもなく未来が視《み》えている。

父上の従者であるミント、彼女がいるのは時計塔《とう》の最上階。

護衛の騎士《きし》を二名、傍に置き、ミントは目を細めて弓の照準を合わせていた。

音もたてず、彼女の様子を見つめる。

「……」

彼女の目には何が見えているのか。

弓を引き、風を切り裂《さ》く速さで、弓矢が彼女の手元から射出される。

「……外しました。奴等、初日以降めっきり私を警戒《けいかい》していますね」

この位置からミントは、俺達の援護《えんご》を行っている。

当然、こんな位置から敵を狙《ねら》い撃《う》ちにすれば、逆に狙われる。

護衛の存在は欠かせないだろう。

「若様、何用ですか？　結構、忙《いそが》しいんですけど」

「俺に恩を売っているって聞いたからな。あ、悪いけど二人は席を外してくれないか。彼女の護衛は俺が引き継《つ》ぐから安心してくれ」

ミントは直立不動の体勢で、弓を構えていた。

訝《いぶか》し気な表情をしながら、護衛の騎士二名は席を外してくれた。

ミントは。姿勢は崩《くず》さず、眼球だけがぐるんぐるん動いている。

率直《そっちょく》に不気味だ。だけど、この女の子の魔法で数多くの騎士が助かっている。

こんな華奢《きゃしゃ》な身体《からだ》のどこにそんな力があるのか。

「さっき、マグナと会ってきたよ」

その一言でミントの身体が固まった。

俺の肩《かた》をつかみ、鬼気《きき》迫《せま》った表情で詰《つ》め寄る。

「マグナはどこにっ！」

「悪いけど、それは言えない。約束なんだ」

「……」

「父上が血眼《ちまなこ》で追っているマグナがあんな爺さんだとは思わなかった」

「……公爵《こうしゃく》様が若様を自由にさせたほうがいいと言った理由、分かりました。こんなに早く接触《せっしょく》出来るなんて……それでマグナと何を話したんですか？」

「この戦いは無益だ。マグナに、騎士国家を害する意思はない」

俺はマグナと話し合った。

軽い世間話が中心だ。

余りにも殺気がなくて、攻撃《こうげき》する気持ちにもならなかった。

あんな爺さんが、騎士国家の影《かげ》を背負っていたなんて。

「マグナはそういう男だと聞いています。誰《だれ》も彼が暗殺者集団、錆の頭目なんて思わないでしょう。あれは化け物。女王陛下が恐《おそ》れる程《ほど》の傑物《けつぶつ》です」

「見解の相違《そうい》だ。陛下とマグナは分かりあえる」

自分で言っといてなんだけど、無理かなとも思う。

「……気がした」

だから、訂正《ていせい》。

「どちらなんですか……」

ミントが呆《あき》れた目で、俺を見る。

だけど、しょうがないだろ。

マグナの望みはアニメ世界を知っている俺だからこそ理解出来るものだ。

ドストル帝国は幾《いく》つもの国を吸収してきた大国であるが故《ゆえ》に、内部に弱点を抱えている。

早急に帝国の弱みを明らかにすべしとのマグナの意見に俺も完全同意だけど、帝国相手に間者《かんじゃ》を潜入《せんにゅう》させ、情報戦を仕《し》掛《か》けるなんて博打《ばくち》を打つ決断は今の陛下には出来ない。

「陛下の命を受けた公爵様がマグナと手を握《にぎ》り合うなんて在り得ないのです。さあ若様、マグナの場所を教えてください。若様にはこれまで沢山《たくさん》恩を売ったでしょう」

「たとえば？」

「公爵様へ、若様とシャーロットさんの関係を認めるようにも言いましたよ」

「ぐぬぬ」

確かに……ありがたい。

父上が学園にきたらシャーロットの件を言われると思っていた。

今回の戦いでシャーロットが役に立たないとか、従者としてはクビだとか。

だが、父上からはシャーロットに関しての話は一切《いっさい》なかった。

ミントの後押《あとお》しがあったからかもしれないと考えたら、恩を売られ過ぎだよ。

俺が何も言うつもりがないことを悟《さと》ったのか、ミントは再び弓を持ち、構えた。

「……若様はずるいんです。公爵家関係者には、青春はありません」

一撃を放ち、ミントはしかめっ面《つら》。多分、狙いが外れたんだろう。

「……」

俺達に、青春なんてものはない
当たり前だ。俺達は恵《めぐ》まれた生活をしている。

生まれた頃《ころ》から、それが当たり前だと教え込まれている。

サンサも他の姉弟《きょうだい》もそうだ。この生き方が、自分達の人生だと疑っていない。

「私も当たり前だと、お父様に言われてきました。公爵家に仕えることはこの上ない幸せだと。実際に軍を見るとそうです。公爵様の傍《そば》にいられる私は幸せ者なのでしょう。それでも、私は若様が羨《うらや》ましい。サンサ様も心の奥底《おくそこ》では私と同じ思いを持っています」

サンサもそうだろうな。

あいつはクルッシュ魔法《まほう》学園をキラキラした目で見ていたから。

「マグナの居場所を聞くことは諦《あきら》めますが、かけがえのない経験をした若様だからこそ、出来ることがあると思います。他のご姉弟《きょうだい》には出来ないことが出来ます」

「なんだよ。何が言いたいんだよ」

「マグナと公爵様を会わせないほうがいいです」

「……どうして」

「この戦いの筋書きはもう決まっています。公爵様はマグナと相討《あいう》ちで、死ぬつもりです」

それは、聞きたくもない、爆弾《ばくだん》発言だった。

あれ以上はミントは何も教えてくれなかった。

確証はないが、専属従者としての経験から、父上の思いが分かると言っていた。

確かに間違っているなんて言えない。

専属従者とはそういうものなのだ。家族よりも主《あるじ》の傍にいて、意思をくみ取る。

だから、俺の変化に気付いたのもシャーロットだけだった。

「今日のスロウ様、様子がおかしいですよ。何かあったんですか……？」

シャーロットに嘘《うそ》はつきたくなかった。

「父上は、マグナを確実に葬《ほうむ》るために死ぬ気らしい」

「……」

これまで戦って、分かることがあった。

父上やミント、騎士達の力はこの国でも群を抜《ぬ》いている。

冗談《じょうだん》抜きで、一つの軍隊程度の力を持っている。

それでも確実に勝てるとは言えないこの状況《じょうきょう》がどれだけ異常であるか。

「……ふう」

シャーロットは目を見開いて驚《おどろ》くが、すぐに大きく息を吸い込んだ。

いつものように明るい顔で。

「じゃあ、スロウ様が頑張《がんば》るってことですね。私も……もっと頑張ります！」

やっぱり、シャーロットは俺のことをよく分かってくれている。

俺の従者は君しかいないと、改めて思うよ。

「ありがとう、シャーロット。お陰《かげ》で、吹《ふ》っ切れたよ」


今日、マグナを俺が討つ。

それで、おしまいにしよう。

「……」

マグナを討って、晴れて俺とシャーロットは自由の身だ。

なんだ、単純な話じゃないか。視界がクリアになっていくのを感じていた。

マグナの考えに思うところはあるけれど、それでもやはり俺は父上の味方だ。

大聖堂で、父上の背中が見えた。

騎士の一人一人に声をかけている。父上も今日が山場になると分かっているのか。

「……」

父上に死ぬつもりなんですか、なんて言葉は掛けられない。

珍《めずら》しく大聖堂にはミントの姿もある。目が合ったら、逸《そ》らされた。

もしかして嫌《きら》われちゃったかもな。

でも俺が自由に魔法学園にやってきたのは、俺が全てを捨てて得た賜物《たまもの》だ。

「お。坊《ぼっ》ちゃん。やる気ですね。ちょっと顔つきが違《ちが》いますよ」

「ああ。ちょっと頑張る理由が出来た」

「今日の目標は？　まさか、また。宝物を探しに行くとか言わないですよね」

「マグナの首を取る」

シルバが口笛を吹いた。

「いいっすね、やってやりましょう」


これまでマグナの首を取るのは騎士団に任せていたが、今日は違う。

父上の強い覚悟《かくご》をミントから聞いたせいか、少しだけ感情が高ぶっていた。

「シルバ、俺の背中は任せたぞ」

「ええ！　坊ちゃんは前だけを見ていてください！」

進む。手当たり次第《しだい》に、まだ残されている建物内部を探索《たんさく》し、マグナを探す。

昨日奴《やつ》と出会い、あの独特の雰囲気《ふんいき》を味わった。

殺気を極限まで薄《うす》めた錆の連中とも違う不思議な男。

たとえ奴の姿が昨日と変わっていても、俺は絶対にあいつの空気を忘れない。

「ひひひ！　爺《じい》さんと何を話した！」

「……」

奴等の陣地《じんち》を捜索《そうさく》していると、いつものようにあいつが現れる。

短槍《たんそう》を肩にかけ、油断なく刺突《しとつ》を仕掛けてくる。だけど、退くことはしない。

今日はいつもと違う。

「っひ！　今日は昨日までと顔つきが違うじゃねえか！　おもしれえっ！」

奴の刺突、躱《かわ》し切れない。脇腹《わきばら》を擦《かす》り、血が迸《ほとばし》った。多少の傷はやむをえない。

この男を止めるには、多少は怪我《けが》を負わなければ。

無詠唱《むえいしょう》の魔法。強力な風で、奴の短槍を破壊《はかい》。奴の目の色が変わる。あれがイチバンの最も愛用している武器だということは、アニメを見ていた俺は知っていた。

「坊ちゃんまずい！」

あいつらにはそれぞれ標的がいるようで、イチバンが常に俺を狙《ねら》っていた。

俺がなりふり構わず突進《とっしん》していったからだろう。

「あいつ以外にも何人か出てきた！」

今度は猫をモチーフにした仮面。イチバンと同じように細身の身体。

「シルバ、進み続けるぞ！　圧倒的《あっとうてき》有利な状況でないと、マグナは出てこない！　多少の毒は覚悟しろ！　毒を食らっても死ぬ前に俺が治してやる！」

奴等の攻撃を徹底的《てっていてき》に回避《かいひ》し続けたのには理由がある。

奴等の武具には魔法でも治せない毒が塗《ぬ》られているからだ。

予《あらかじ》め父上から言われていた。長期戦になるから、出来るだけ怪我は避《さ》けろと。

それでも、俺もシルバも覚悟を決めた。

多少の傷は覚悟の上。幾ら俺やシルバの血が流れても、気にするものか。

「坊ちゃん、三人相手はさすがに無理だ！　それに止血しないと！」

これは喰《く》らうな。だけど二人を行動不能に出来るなら、代償《だいしょう》としては十分だろ。

強い覚悟を決めた瞬間《しゅんかん》、目の前を光が走った。

それは——一筋の閃光《せんこう》。

光弾《こうだん》の連射。俺の前に、光の弾幕が生まれた。奴等は咄嗟《とっさ》に飛びのくが——遅《おそ》い。

何かが奴等の太ももを貫《つらぬ》いた。それは矢だ。

連射。次々と射《う》ち込まれ、一部は校舎の壁《かべ》を突《つ》き破る。

「——捕捉《ほそく》されたか！　引け！　奴に見られながらでは、分が悪い！」

振《ふ》り返り、彼女がいるだろう時計塔《とう》の最上階を見つめる。

「まさに、戦場の女神《めがみ》ってやつっすね坊ちゃん」

「ああ、否定出来ないな」

俺の視力ではミントの姿は見えないが、これは頼《たよ》りになる。

敵もそちらに意識を絞《しぼ》るから、だいぶやりやすい。

「ひひ！　これ以上、進ませるな！」

予備の短槍を手に持つイチバンが再び現れる。

鋭《するど》い踏《ふ》み込みで、奴が操《あやつ》る短槍が高速で突き出された。

瞬時に後ろへ飛びのきながら、頭の中で魔法を組み立てる。

「いい加減、鬱陶《うっとう》しいんだよ――潰《つぶ》れろ！」

威力《いりょく》を上げるために、詠唱を口ずさむ余裕《よゆう》なんてない。

奴の動きに対応するために、手のひらを奴に向ける。

俺の意思を汲《く》んだ小型の暴風《ぼうふう》が、幾《いく》つも発現する。

だけど、奴は俺の攻撃《こうげき》を見切っているといわんばかりに、間一髪《かんいっぱつ》で避《よ》けていく。

「ひひっ！」

突き出される高速の短槍。

幾つかは直撃を貰《もら》いそうになるが、ギリギリでシルバが剣《けん》で叩《たた》き落とす。

「坊ちゃん！　やっぱりあいつはやべえ！　無視していきましょう」

「残念ながら、俺達を見逃《みのが》す気は無さそうだ」

氷の礫《つぶて》を混ぜた極大の風の渦《うず》を発生させる。

一目でやばさが分かる俺の魔法を目の前にしても、イチバンには怯《ひる》む様子は見られない。

「若様に――後《おく》れを取るな！」

周りの至る箇所《かしょ》で、交戦の音が響《ひび》いていた。

公爵《こうしゃく》家の騎士《きし》達も大勢が交戦中。

いつもと違う。騎士達も理解しているのだ。俺の気迫《きはく》を見て、今日がその日だと。

数を削《けず》りあってきたが、そろそろ潮時だ。

互《たが》いの大将が出てくる時が近い。

「坊ちゃん！　先行しすぎでは！」

「これでいいんだ！」

錆の連中が俺のことを厄介者《やっかいもの》扱《あつか》いしていることは分かっている。

だからこそ、あの男、イチバンが俺を徹底的にマークしているんだろ。

ここまで俺が出てきたんだ。こんな機会、滅多《めった》にないぞ。

「シルバ、止まれ」

こっちの思惑《おもわく》も当然、分かっているだろう。

餌《えさ》は俺自身、そして後はあいつが食いつくか否《いな》かだ。

そして、奴等の陣地の奥へ、教会の前にやってきた時だった。そこはクラウドやシルバが学園にやってきて、三人で久しぶりの再会の喜びを分かち合った場所。

「マグナだな」

枯《か》れ木のような細い腕《うで》と、簡単に折れそうな首。

そんな昨日の紳士《しんし》的な老人とは全く異なる姿で、教会の中から現れる。

「……坊ちゃん、あれが……マグナって冗談でしょ」

「シルバ。お前の気持ちも分かる。だけど、あれがマグナだよ」

俺にはあれがマグナだと確信が持てた。

その姿は農作業に勤《いそ》しむ民《たみ》だ。

鍬《くわ》を持ち穏やかな毎日を過ごす、騎士国家で最も多い、ありふれた姿。

どこにでもいそうな柔和《にゅうわ》な男、街中に紛《まぎ》れれば、印象にも残らない。

「あれが変装？　そんな次元じゃ……それに隙《すき》だらけに見えますが……」

「まだ近寄るなよ、シルバ。何を隠《かく》し持っているか分からない」

「っすね。踏み込めば、やられる。そんな気がします……俺、あいつ、苦手です……」

マグナと向かい合う。

しかし、あの何も気負いのない雰囲気は俺が感じ取った違和感《いわかん》に他ならない。

マグナは何かを呟《つぶや》くと、これまで戦っていた者達が散開した。

どうやら、マグナが俺達の相手をしてくれるらしい。

「マグナ。父上の代わりに、ここで俺がお前を殲滅《せんめつ》するよ」

「バルの息子《むすこ》よ、君なら気持ちを分かってくれると思っていた。残念だ」

気持ちは、よく分かる。

こいつらなら、帝国《ていこく》相手だってやり切れるだろう。

それだけの実力を持っている。

だけど、女王陛下は帝国に刃《やいば》を向けることを望んでいない。

それが全てだ。


「スロウ、下がっていろ」

大将は奥にどっしりと構えているものだ。

　少なくとも俺はそのために、今日という日を迎《むか》えたのだ。

「……最後まで引き籠《こも》ってると思っていましたよ、父上」

　だけど、出てきてしまった。

「お前がやる気になったと聞いてな。後をつけてきた」

　父上はいつものように眼鏡をかけ、冷静にマグナを見据《みす》えている。

　俺がサーキスタ大迷宮《ダンジョン》から取り戻《もど》した魔法《まほう》剣ダブルを携《たずさ》えて。

「やっと、会えましたね。バル」

「マグナ、久しぶりだな」

　この二人が出会ってしまった以上、俺に止めることは出来ない。

　お互いに仕事相手であり、協力者であり続けた。

　求め続けていた俺の父上と相対しても、マグナの口調は平淡《へいたん》だ。

「マグナ。お前達は、過ぎたる力だ。帝国に向かわせることは、出来ない」

「バル。エレノア・ダリスとて、間違《まちが》うことはあるのだよ」

　マグナはゆっくりと微笑《ほほえ》んだ。

　この緊迫《きんぱく》した戦場の中で、その微笑みはあり得ないことなんだが、あいつにはこの窮《きゅう》地《ち》が分かっていないのか、感情がないのか。

「帝国を刺激《しげき》することは出来ない」

「残念だ。それよりバル。面白《おもしろ》いものを持っているが、どうやって使う?」

「こうやって使うんだ」

父上の行動は速かった。


始まった。始まってしまった。

俺が止める暇《ひま》もなかった。

「坊《ぼっ》ちゃん！　公爵、凄《すご》いじゃないですか！」

俺はもう父上の力は全盛期《ぜんせいき》を過ぎていると思っていた。

でも——心配は無用だった。

あの人は常に研鑽《けんさん》を続け、努力を重ね、公爵家の当主に上り詰《つ》めた。

「あれが魔法剣ダブルっすか！　何でもありの魔法の剣！」

父上が魔法剣ダブルを振るうたびに、冷風が起きる。

父上の身体《からだ》が固まる程《ほど》の冷風が吹《ふ》き続いている。

離《はな》れている俺達でさえ、凍《こご》える寒さだ。

力の余波で教会の外壁《がいへき》が氷に覆《おお》われていく。戦いに加わる隙間《すきま》もない。

「さむ！　吹雪《ふぶき》の中にいるみたいっすね！」

「シルバ！　離れるぞ！　このままじゃ、俺達まで巻き添《ぞ》えを食らう！」

「っすね！」

今、力の指輪が発動している。

短い間、使用者に莫大《ばくだい》な力を与《あた》える不思議な指輪。

俺達も錆の連中も、一時戦いを忘れ、傍観者《ぼうかんしゃ》となる程に、二人の戦いは際立《きわだ》っていた。

「爺《じい》さんが実戦に出るのは何年振りだ」

「珍《めずら》しく滾《たぎ》ってるなあ！」

父上は引き籠っている間、常に魔法剣ダブルを弄《いじ》り回していた。

こうして、魔法剣の力を理解し、引き出すのだと言っていた。

「近寄るな！　巻き添えを食らう！」

「ひひっ、すげえ！　あれが、力の指輪か！」

目を見張る。

速すぎて、その姿を正確に捉《とら》えることが出来ない。

暴風のように、錆の連中でさえ近寄れない。

味方をも巻き込むその戦いっぷり、歴代公爵を鬼人《きじん》に変貌《へんぼう》させる力の指輪。

「イチバン！　力の指輪は副作用があるって話だったが！」

父上は言っていた。

あれで、苦手だと？

マグナという男がもっとも苦手なのが、あの至近距離《きょり》。

マグナは父上の速さに真っ向から迎え撃っている。

「ひひ、そうだ。あれの使用中は呼吸が著《いちじる》しく制限される、地獄《じごく》の苦しみって話だ、ひひ！」

父上が苦悶《くもん》の表情で戦っている。

力の指輪は使用後に休息が必要なだけでなく、使用中にも副作用がある。

使用中の副作用は、イチバンの言う通り。

「若様！　何ぼけっとしてるのですか！」

空で何かが爆発《ばくはつ》した。

爆風で我を取り戻す。

連射、空から矢の雨が、俺達に降り注いだ。

「君は時計塔《とう》にいたはずじゃ！」

「公爵様の力は、長くは持ちませんから！」

狙撃手《そげき》の彼女まで前線にくるなんて。

「ここで、終わらせましょう！」

だけど彼女もまた、切り替《か》えたんだ。

こいつらを殲滅するのは、今しかないと理解している。

「狙撃手がついに姿を現しやがった！」

「仲間の仇《かたき》だ！　てめえを、殺してやるぜ！」

錆の連中が、ミントに向かって走り出す。

仲間を討《う》ち続けた狙撃手が前線に出てくれば、当然こうなる。

「死ねや！」

敵の魔法が彼女の脇腹《わきばら》を切り裂《さ》き、地面に血だまりが出来た。

しかし、ミントは絶え間なく矢を放ちつづける。

敵の威圧《いあつ》にも全く動じず、冷静に弓を向ける。

放たれた弓矢は、射線上で爆発。無数の爆風で、何も見えなくなる。

「シルバ！　お前は、ミントを守れ！　今は彼女がこの場の要だ！」

だけどこれだけ、大暴れすれば奴等《やつら》だけじゃない。

「公爵《こうしゃく》様が力の指輪を解放されている！　ここで決めるつもりだ！」

集まってくる、集まってくる。敵も味方も、わらわらと。

これまで学園に散って戦っていた誰《だれ》もが集まってくる。


父上の魔法剣《けん》から凍《い》てつくブリザードが放たれる。

剣が振《ふ》るわれるたびに、俺達の体温をごっそり奪《うば》っていく。

目に見える物全てが氷像となる世界。

空気中の水蒸気まで、次々と小さな氷へ変化していく。

キラキラと輝《かがや》く氷の欠片《かけら》、綺麗《きれい》だと思った。

「見ろ。爺さん、あの公爵と真っ向から渡《わた》り合ってるぞ」

敵と味方の間で、怒号《どごう》が飛び交《か》う中、妙《みょう》な胸騒《むなさわ》ぎを覚えた。

数分もこの冷気の中にいれば、カチカチに固まってしまいそう。

冷気の発生源である魔法剣ダブル。周りの空気から熱を奪い続け、魔法の力と化している。あれを振るっている中心の気温はどれぐらいのものか。

だけど、確かに。冷気が吹くほど、マグナの動きが鈍《にぶ》くなっている気がした。

マグナが振るうのは、自らの魔法で作り出した炎《ほのお》の剣だ。

赤い剣筋が奔《はし》る。
振るわれた先で爆風、大地が割れ、炎が奔った。
しかし、父上の冷気が炎を塗《ぬ》りつぶす。
一進一退の攻防《こうぼう》。
しかし、綻《ほころ》びがみえた。
「坊ちゃん！　このままいけば――――！」
「ああ！」
歴代公爵に受け継《つ》がれてきたマグナの殺し方。
マグナの体内に蓄《たくわ》えられた熱を、冷ますための冷気。
マグナの身体が、氷に覆われていく。マグナが父上の力に押し負け始めた。
魔法剣ダブルに、父上が慣れてきたんだろう。
ほんの僅《わず》かな差。
「坊ちゃん、公爵様が！」
父上が血を吐《は》いた。
父上の刃《やいば》が、マグナの胸を貫《つらぬ》いている。
役目を終えたとばかりに、力の指輪が徐々《じょじょ》に輝きを失う。

「バル……腕《うで》は衰《おとろ》えておりませんね」

血反吐《ちへど》を吐きながら、マグナの剣もまた父上を貫いていた。

地面に血の花が咲《さ》いていた。

「力の指輪に、頼《たよ》りすぎです」

刃は、確かにマグナの胸を貫いているが、心臓まで届いているか怪《あや》しいところだった。

だが、マグナの身体が足首から凍り始める。

父上が力を使い果たし、血だまりの中に倒《たお》れた。

「マグナの首を取れ！」

騎士《きし》達が、マグナへと殺到《さっとう》する。

錆の核《かく》はマグナだ。あいつを倒せば、自然に錆は組織としての力を失う。

「爺さん！　血を取ったぞ！　この場にいる魔法使《まほうつか》い全員だ！」

錆の連中の一人が何かをマグナに投げ渡した。

──風の魔法、血の匂《にお》いが運ばれてきた。

劣勢《れっせい》に陥《おちい》っているのは紛《まぎ》れもなくマグナのほうだ。

だけど、奴等の間には動揺《どうよう》がない。

それに何だ、このタイミングで、奴等は何をした。

男がマグナに投げ渡したのは、水晶《すいしょう》だった。

「では、……完全勝利といきましょう」

血にまみれた水晶をマグナは満足げに眺《なが》める。

「諸君」

そして、マグナは水晶を高々と掲《かか》げる。

「血酔水晶《ちすいすいしょう》の解放を」

鳥肌《とりはだ》が立った。

錆の連中が、水晶を地面にたたきつける。

意図の読めない行動だったが、効果は即座《そくざ》に表れた。

「な、なんだ⁉　大地が、揺《ゆ》れている」

力が抜《ぬ》けていく、身体が重い。

だけど地面が揺れたんじゃない。

「……にげろ」

咄嗟《とっさ》に声が出た。

「逃《に》げろおおおおおおおおおおお」

土の魔法《まほう》で、ゴーレムを作り出す。

ゴーレムを作り出す。全て、出し尽《つ》くす。だって、もう意味がなくなってしまう。両腕がない不完全なゴーレム。それは俺の魔法が狂《くる》っていることを意味していた。

これは俺達の感覚だ。俺達の感覚が狂っているんだ。

「魔法を出してみろ！　何が起きているかすぐに分かる！」

反応して騎士達も咄嗟に魔法の刃を展開するが、形になっている者は一人もいなかった。刃がぐにゃぐにゃと曲がっていたり、そもそも魔法が発動しない者もちらほら。

「何が起きている！」

騎士達は何が起きているのか、正しく理解出来ていない。

だけど、俺はそれをよく知っていた。

吸わせたい相手の魔法を吸い込ませ、魔力を奪い取る。

闇《やみ》の大精霊《せいれい》さんが作ったマジックアイテムの中でも、傑作《けっさく》とされる一つ。

「バルの息子《むすこ》、よくご存じで」

だって奴等が持っている水晶は──シューヤが持っている水晶と同じ物なのだから。

「……シルバ、父上を連れて逃げろ！」

「坊《ぼっ》ちゃん、何が起きてるんですか⁉」

「後で説明してやる！　今は、魔法使いじゃないお前だけが、自由なんだよ！」

シルバは魔法使いではない。だから、俺達の身体《からだ》に何が起きているのか分かっていない。

シルバが持ち前の勘《かん》の良さを生かして、父上に駆《か》け寄った。

錆の連中は勝利を確信し、ニヤニヤと俺達が戸惑《とまど》う様を観察していたが、動き出す。

「俺達は錆だ。まともに戦うわけ、ないだろうが！」

ミントは中距離から適確に狙撃を続けていた。

弓矢だ。ミントの弓矢は実体化する。

既《すで》に実体化させていた最後の一本、それは確かに、マグナの胸を狙《ねら》っていた。

初めて出会った頃《ころ》からそうだった。彼女は非常に頼りになる。

このときばかりはありがたいと思った。

「ひひ！」

身代わり、そうだ。身代わりだ。

奴等の仲間、盾《たて》を持った大男。そいつが、ギリギリで、ミントの弓矢を受けたのだ。

「ひひっ、ばかめ。この中で、お前を一番警戒《けいかい》していたんだよ！」

笑いながらこちらを見つめるイチバンの姿。

一網打尽《いちもうだじん》——そんな言葉が脳裏《のうり》によぎった。

誰が悪いわけでも、なかった。

けれど満身創痍《そうい》で、戦う力は残っていなかった。

魔法が使えなくなってしまえば俺達は無力だ。

それでも、俺達が逃げ帰ることが出来たのは、予想外の助けが現れたからだ。

「おい、おいおいおい！　爺《じい》さん！　予想外の連中が現れたぞ！」

突如《とつじょ》、発現した魔法は強力だった。

砂嵐《すなあらし》――。足元から砂が舞い、砂嵐と化していく。

中心にいる俺達から距離《きょり》が離《はな》れると分かりづらいけど、中心に行くほどただの砂嵐じゃなくて、砂自体が水分を含《ふく》んで重くなっている。

錆の連中が風の魔法で、あいつの砂嵐を一気に吹き飛ばそうとする。

そして砂嵐のおかげで、俺達は奴等《やつら》から距離を引き離すことが出来た。

「でかい方に気をつけろ！　そいつは可笑《おか》しな力を使う！」

魔法の砂嵐は俺達の姿を覆《おお》い隠《かく》し、全体まで広がっていく。

そして魔法で強化された杖剣《じょうけん》がガキンと誰かの攻撃を受け止めた。

「……私達が殿《しんがり》を務める！」

杖を刃と化して戦うそのスタイル。

公爵家の直系ってのは幼い頃から戦いの英才教育を受けているスーパーエリート。

「——なんで」

どうして、サンサがいる。

父上の命令で、ヨーレムの街で待機を命じられていた。

「お前達のように魔法を奪われていないから、適任だろう！」

間章　サンサ・デニング

サンサ・デニングの生涯《しょうがい》で、父上である公爵《こうしゃく》の命令は絶対であった。

全てを、他の家族と同じように、公爵家に捧《ささ》げてきた。

父上の命令に背《そむ》くということは、次期公爵としての道が断《た》たれるということと同義。

それでも、サンサは決断したのだ。

父上の命令に従い続ける人生から、一歩足を踏《ふ》み出す決断をした。

「……不思議な学生でありましたな、サンサ様」

「……結果として、彼の言う通りだったな、コクトウ。これだけの水晶を用意するとは」

クルッシュ魔法学園の状況《じょうきょう》は、逐一《ちくいち》聞いていた。

バルデロイ・デニングの部下から戦いが硬直《こうちょく》していたことも確認《かくにん》している。

いつでも動けるように準備はしていた。

援軍《えんぐん》が必要だ。サンサは密《ひそ》かに仲間を呼び集めていた。

けれども、全ての準備をご破算にして、サンサは己《おのれ》の従者のみを連れて学園へ向かった。

全ては一人の生徒が原因だった。

『学園へ向かってください！　これが、クルッシュ魔法学園に運び込まれています！』

突然《とつぜん》、サンサの元へ押しかけてきたのは赤毛の学生だった。

彼は危険なマジックアイテムを扱《あつか》う武器商人を追っていたという。そして、彼が追っていた男が密かに集めていたものを見て、ぞっとした。

血酔水晶《ちすいすいしょう》と呼ばれ、魔法使いにとっての天敵。サンサですら、直に見るのは初めてだった。

さらに赤毛の少年は続けた。秘密裏《ひみつり》にクルッシュ魔法学園へ運び込まれたとされる数が、学園にいる公爵家関係者の数と一致《いっち》した。

名前も聞かずに、サンサは従者の大男を連れて、魔法学園へ急いだのだ。

「バルの娘《むすめ》。まさか君がバルの命令に逆らうとは思わなかった」

「……」

「君はどちらかと言えば、バルの命令には忠実だと思っていたが」

全ては、弟であるスロウ・デニングとの再会にあった。

久しぶりに出会った弟に影響《えいきょう》を受けたなど、口が裂《さ》けても言えなかった。

彼が公爵家を捨て、魔法学園で得たものを見た。

父上の意向を真正面から拒絶《きょぜつ》し、公爵家の生き方から外れて、それでもあれだけのものを手に入れた。クルッシュ魔法学園で、彼は確固たる立場を確立していた。

端的《たんてき》にサンサは、羨《うらや》ましかったのだ。

「何が君を変えたのだろう」

「……」

当然、サンサ・デニングが彼らの言葉に応えるわけがない。

「爺さん、嫌《きら》われちまったな。それより念のため、周りを固めとくか？　俺の魔法ならまだまだいけるぜ」

窓の外を覗《のぞ》き込んでいた狸《たぬき》仮面の男が、何の特徴《とくちょう》も摑《つか》めない無害な男へ問うた。

「五十、いけるかな」

「任せな、倍はいける」

公爵との間で何が起きたのかをサンサは知らないが、穏《おだ》やかな表情の男が、輩《やから》の纏《まと》め役であることは周りの反応から明らかであった。

「バルの娘。逃げ出そうとしても無駄《むだ》だよ。そっちの大男はよく分かっているようだが」

サンサとコクトウはロープのようなもので腕《うで》を後ろ手に縛《しば》られていた。

だけど、それだけだ。公爵家の関係者に対してはお粗末《そまつ》と言わざるを得ない。

それなのに全身に力も出ないのだ。

まるで水の中にいるかのように、身体の重ささえ感じない。

理由を考え込んでいるサンサと違《ちが》い、大柄の従者は床《ゆか》をじっと見つめていた。

見えないが、そこには魔法陣《まほうじん》がある。ひどく脆《もろ》い魔法《まほう》だが、隠し方がうますぎる。

床に向かって魔法を撃ち込めば、自分達は自由になれる。考え続けるコクトウがサンサを見れば、サンサの双眸《そうぼう》は昔話に花を咲《さ》かせている錆《さび》の連中に向いていた。

「ロコモコ・ハイランドは俺の同期だ。やっぱり家柄《いえがら》かな」

「はは。バカ言え。俺達だって出世したほうだろ」

仮面を脱《ぬ》いで、露《あらわ》になった素顔《すがお》を見れば、どこにでもいそうな者ばかり。

彼らは錆。歴代の公爵のみが動かせる部隊の構成員。

公爵となった暁《あかつき》には、正式に錆の部隊を動かし、国を在るべき姿へ動かしてゆく。

「何を言っている、俺達は結局のところ、存在しない。死人と同じだろ」

そんな彼らは、クルッシュ魔法学園で過ごした時代の思い出話に花を咲かせていた。

五章　力の指輪

大聖堂の中はお通夜《つや》だった。

「公爵様の判断は間違っておられる！　サンサ様は、覚悟《かくご》の身であられた！」

学園がモンスターに襲《おそ》われた時、黒龍《こくりゅう》が現れた時。

あの時と同じように俺達は全員で対応を迫《せま》られていた。

俺達は一騎当千《いっきとうせん》だっていうのに、大聖堂を支配している空気はあの時と同じだ。

幾《いく》らでも逆境を跳《は》ね返してきた経験を持っている。

それでも魔法を奪《うば》われるなんてのは初めてだった。

「我らで、サンサ様を救出するのだ！　活路はそれしかない！」

「魔法を失った我らで何が出来る！」

サンサが来なかったら、俺達は終わっていた。

あいつらは父上を助けるために殿になった。

サンサは自分の命と引き換《か》えに、父上を助けたのだ。

「あんな危険な連中を！　なぜ、公爵様は生かし続けたのだ！」

「必要だったからだ！　我々には出来ない仕事が奴等《やつら》には出来る！」

騎士《きし》達の話し合いに、参加する気にもなれなかった。

あの場で俺は何も出来なかった。

奴等《やつら》がシューヤが持っている血酔水晶《ちすいすいしょう》を持っているなんて、想像だにしていなかった。

血酔水晶は闇《やみ》の大精霊《せいれい》さんが作り上げたもの。

だが、帝国《ていこく》には不要と認めて自ら回収していた筈《はず》だ。

複製品だとしても、あれだけの数を揃《そろ》えるなんて。

「奴等は……公爵様が力の指輪を解放するタイミングで、我らが一堂に集まると考えていた。あれだけ戦いを引き延ばしていたのは、発動に必要な我らの血のためか」

「……なんのために」

「奴等の行動原理は一貫《いっかん》していた。公爵様に、自分達の有用性を示すためだ。しかし、公爵様を渡《わた》せなどとよくも言えたものだ。奴等とて公爵様の状態を知っているだろうに」

あの後。魔法を奪われ、大聖堂に避難《ひなん》した俺達の元へ。

マグナの部下、イチバンが交渉《こうしょう》役としてやってきたのだ。

戦時中のあのふざけた態度は欠片《かけら》も見せず、こちらも戸惑《とまど》ってしまった。

奴はマグナの要望だけを伝えてきた。

その言葉には、譲歩《じょうほ》とか交渉の余地とか、そういう曖昧《あいまい》な部分は一切《いっさい》ない。

「……今の公爵様を引き渡すことなど、出来るわけがない」

「公爵様は動けぬ！　力の指輪、代償《だいしょう》は三日三晩の休息だ！」

騎士の中には敵の巣に乗り込んできたイチバンを逆に捕《と》らえてしまおうという者もいた。

しかし、イチバンがマグナにとって人質《ひとじち》にならないことは明らかだ。

それに魔法の使えない今の俺達にイチバンが後《おく》れを取るとも思えない。

「皆《みな》さん、静粛《せいしゅく》に。公爵様は力の指輪を使用した代償で、眠《ねむ》られております」

マグナの意思を確認し、父上は決断した。

自らの命と引き換えに、サンサを解放すると。

「……どうすればよいのだ」

騎士達は半ば呆然《ぼうぜん》とした様子で、深く項垂《うなだ》れていた。

十分に現状が認識《にんしき》出来ているんだろう。

血酔水晶。あれの存在で、状況は一変した。

俺達が決死隊になったところで、力の差を覆《くつがえ》すことは不可能である。

「あの男は何者だ。力の指輪を使用した公爵《こうしゃく》様と真っ向から渡り合っていたぞ」

力の指輪を使用した父上とマグナの戦い。

鬼神《きじん》とまで言われる力の指輪を用いた公爵の本気を、マグナは器用に受け流していた。

「人ではない……」

激しく同意。

あの男の強さはなんて言えばいいだろう。

別に魔法が強いとかそういう次元の話ではない。

使用者の力を大幅《おおはば》に引き上げる力の指輪に対して、恐《おそ》れを抱《いだ》いている様子もなかった。

確かに力の指輪は攻撃《こうげき》を単調にさせるが、余りある力を手に入れることが出来るのだ。

「期限の一晩が過ぎれば、奴等は躊躇《ためら》いもなくサンサ様を殺すぞ！」

「分かっている！　だが、我々はサンサ様が連れ出された場所さえ分からぬのだぞ！」

サンサ……。

あいつが父親からの命令に背くなんて考えもしなかった。

俺の知ってるサンサは父親の命令だけには従順だったから。

しかし、現れるタイミングが良すぎである。

「公爵様を一人で向かわせるなんて、話にもならん！」

「だが、要求を呑《の》まねばサンサ様が！」

「分かっておる！」

錆《さび》の要求は、サンサと父上の交換《こうかん》。

最後までマグナは父上を、説得するのだろうか。

あいつの狙《ねら》いは、公爵家の当主として陛下の意向に真っ向から逆らわせることにある。

だけど父上は奴等の要望を飲まないだろう。絶対に、だ。


「……はあ」

大聖堂の中とは打って変わって、外は爽《さわ》やかな空気が流れている。

大聖堂前に広がる緑の公園、上品な緑の世界の中で、ベンチに腰掛《こしか》ける彼女を見つけた。

夕焼けが落ち、空に輝《かがや》く月空を彼女は静かに眺《なが》めていた。

ミントは騎士達の中には交わらずに一人だった。

俺と同じように、あの空気に耐《た》えられなくなったのか。

「……あーあ。やっぱり、こうなっちゃいましたかあ」

「君はどうして落ち着いていられるんだ」

「向こうがどう足掻《あが》いても、私達の勝利ですから」

「勝利？　サンサが捕《つか》まって、父上があの状態で、勝利？」

「陛下の目的は、達成出来るからです。騎士らには伝えていませんが、マグナは公爵様の命と引き換えに錆を解散すると言っていますからね。奴等がここで消えることは決定事項《じこう》なんです。公爵様を引き渡す代わりに、陛下の望みは果たされるわけです」

「……そういうことか」

「陛下は、何をおいても錆の解体を望んでいます。そりゃあもう、相当です。錆を壊滅《かいめつ》出来るなら、クルッシュ魔法学園がどうなっても構わないとさえお考えです。そのために陛下は、公爵様にクルッシュ魔法学園ごと爆破《ばくは》出来るマジックアイテムを渡しています。奴等の根城に向かう公爵様は、当然それを持っていくでしょうね」

公爵家が敗北した場合のことまで陛下は織り込み済みってことか。

一般人《いっぱんじん》を避難させ、奴等を葬《ほうむ》るにはちょうどいい場所。

だからこそ女王陛下もマグナの要望を聞き入れ、クルッシュ魔法学園を戦場とした。

ミントの表情にはどこか達観した諦《あきら》めが漂《ただよ》っている。

「錆との闘《たたか》いを前にして公爵様は覚悟を決められていました」

「そうだな……俺もそんな気がしていたよ」

普段《ふだん》の父上とは様子が余りにも違っていたからな。

戦《いくさ》の前に酒を嗜《たしな》み、過去の思い出に浸《ひた》る。

父上が最も嫌《きら》う生産性の無い行為《こうい》だ。

誰《だれ》よりも錆との戦いが激戦になると分かっていたのは、他でもない父上の筈だ。陛下の強い望みであるマグナ討伐《とうばつ》を俺に託《たく》そうとしたり、あんなの俺が知る父上じゃない。

「怒《おこ》らないんですか？　御父上《おちちうえ》が死ぬ覚悟を決めているっていうのに、若様は冷血ですね」

「別に」

だが、珍《めずら》しいわけではないのだ。

公爵家の当主は長生き出来ない、当たり前の話だ。

父上はむしろ、あれだけ戦いの中に身を投じたにしては長生きした方だろう。

「それで、父上はまだ目を覚まさないのか」

「力の指輪の代償は相当ですから。三日三晩の休息、まあ公爵様なら一日あれば起き上がると思いますが、血酔水晶の影響《えいきょう》もあります。それで、若様はどうするつもりですか」

「好きにやらせてもらう」

元々、父上にも好きにやれと言われていたんだ。

「……魔法を失った若様に、何か出来るとも思えませんけどね」

ここから先は、俺の戦いだ。

俺は自室で、学園長の部屋から持ってきた地図を見て睨《にら》めっこを繰《く》り返す。
奴等の陣地《じんち》では、相変わらず小さい点が移動を繰り返している。
対して、俺達の大半は大聖堂に集まっていた。
「……」
たった一人で、考えたいことがあった。
頭の中には幾つもの考えが浮《う》かんでくるが、決め手がない。
「……まいったなぁ」
分かっている。今更《いまさら》マグナの居場所が分かったところで意味はない。
サンサが人質に取られているんだから。
俺達は魔法を失い、ただの剣《けん》の扱《あつか》いが上手《うま》い集団に過ぎない。
万策尽《ばんさくつ》きた。これが錆か。
だけど、奴等も無傷ではなかった。
力の指輪を使った父上、ミントや騎士達の尽力《じんりょく》あってその数を大きく減らしている。

「スロウ」

あけ放たれた窓から、何か黒い塊《かたまり》が入ってくる。

それは大精霊さんだった。

サーキスタ大迷宮《ダンジョン》では、ストレス解消とばかりに暴れまくった大精霊さんだ。

いつもよりサイズがすっきりしたように見える。

相変わらず人間の争いなんてどうでもいいとばかりに、スッキリした顔だ。

「そういえば、大精霊さん。マグナに忠告したんだよな」

桟橋《さんばし》の上で、マグナが言っていた。

サーキスタから帰ってきているなら、教えてくれたらいいのに。

「あいつからはやばい気配を感じたにゃあ」

「大精霊さん、助言くれよ」

藁《わら》にも縋《すが》りたい思いだったけれど、半分冗談《じょうだん》で半分本気。

大精霊さんが助けてくれるとは思わない。

シャーロットのペットとして振る舞《ふま》いながら、だけど人間からは常に距離《きょり》を置いている。

「なんてな。冗談だよ」

「……」

今回、シャーロットは危険じゃない。マグナはシャーロットの正体に気付いていて、大精霊《せいれい》さんの忠告も受け止めている。奴等《やつら》がシャーロットを害することはないだろう。大精霊さんも今はストレス発散出来て、積極的に動くような気もしないし。

「シャーロットとあの男を使えばいいにゃあ」

「え？」

「あの、ジャガイモみたいな男にゃあ」

だけど、大精霊さんの小さな口から予想外の一言が飛び出した。

クラウドとシャーロット、あの二人には今回、戦いには参加してもらっていない。

代わりに地図から、奴等の根城を探してもらっていた。

「お前らが戦っている間、あの二人が何もしていないと思ったら大間違《まちが》いにゃ」


すぐさま二人を探した。

シャーロットの魔法《まほう》に頼《たよ》ろうとしているわけじゃない。

大精霊さんも、この状況《じょうきょう》でシャーロットの魔法が役に立つと思ったわけじゃないだろう。でもシャーロットの姿はすぐには見つからなかった。

別室で待機していると思ったが、クラウドと一緒《いっしょ》にどこかへ出かけているようだ。

このタイミングで、大精霊さんが意味のないことを言うとは思わない。

二人が帰ってくる頃《ころ》には、時計の針は深夜を回っていた。

「……二人、どこに行っていた？」

謝るシャーロットと、どこか興奮した様子のクラウド。

「スロウ様、俺から説明します」

「スロウ様の言いつけ通り、ずっと、この地図を見てました。そして気づいたのです」

二人には、地図の上で奴等の根城を探すように頼《たの》んでいた。

だけど結局、最後まで奴等の根城は見つからなかった。

奴等は根城が特定されないよう細心の注意を払《はら》っていた。

いや、奴等は根城なんてものを最初から用意していなかったのかもしれない。

「地図があれば、向こうの陣地であっても、奴等に出くわさずに行動することが可能でした。ここ数日、俺達は若様達が戦いに出向いている間、奴等の陣地で行動していました。地図上の動きだけで奴等の根城を突《つ》き止めることは困難だったのです」

「スロウ様、ごめんなさい。私達だけじっとしているなんて出来なくて」

思わず声を荒《あら》らげそうになった。

だって……それがどれだけ危険なことか。

思いをぐっと飲みこんだ。

自分達がやっていた行動の危《あや》うさを分からない二人じゃないのだ。

俺に言うと、止められると思ったから言い出せなかったのだろう。

「結論から言います。奴等の陣地にある物見塔《ものみとう》、そこにサンサ様や若様らの魔法を封《ふう》じ込めた血酔水晶が隠《かく》されています。先ほど、確かめてきました」

「……」

頭を抱《かか》えた。

本当にこの二人は、どれだけ危険な真似《まね》をしていたか分かっているのか。

「この魔法学園には、毎日生活していなければ分からない隠された道が幾《いく》つもあります。この地図と、シャーロットの土地勘《とちかん》が無ければ、見つけ出すことは困難でした」

奴等に捕《と》らわれたサンサと、俺達の魔法を封じ込めた血酔水晶の居場所。

最も知りたい情報を、二人が危険を冒《おか》して調べ上げた。

その行動を責めることなんて、今の俺には出来るわけもなかった。

「物見塔の最上階に、サンサ様がいます。スロウ様、地図を見てください、物見塔の中に動かない者が数名。これがサンサ様と従者コクトウ。そして見張りです」

机の上に広げた地図。
物見塔の周りにも、数名の点が動いている。
物見塔か。確かあそこは、最上階に続く階段があるだけ。
中には壁際《かべぎわ》に螺旋《らせん》状の階段が屋上まで続いている。
「……二人とも、でかした」
奴等は俺達から回収した魔力を、物見塔の中に保管している。
シューヤがあの水晶を大事に保管していたように、血酔水晶は繊細《せんさい》だ。
「スロウ様、こんな状態だ。俺達はもう覚悟《かくご》は出来ています」
俺がシャーロットとクラウドの二人に何をさせようとしているか。
二人とも理解しているんだろう。
危険な賭《か》け。けれど、この二人しかいない。
奴等も俺達の大半が魔法が使えなくなっていることには気づいている。
まさか、サンサを救い出すために行動を開始しているとは思わないだろう。
でも、魔法が使えるクラウドと地図だけでは足りない。
思いもよらない危機が生まれるかもしれない。だから、
「シャーロット、クラウド。サンサを救い出し、血酔水晶を破壊《はかい》してほしい」

戦いが始まる前は、シャーロットを戦場に投入するなんて思いもしなかった。

夜空を見ながら、ひとりごちる。

いつの間にか、大精霊さんが足元から俺を見上げていた。

「危険だにゃあ」

「分かってるよ」

「にゃあはサーキスタ大迷宮《ダンジョン》でお前を助けたにゃあ。今回は助けないにゃあ」

「……それも分かってるよ」

アニメの中で奴等は帝国《ていこく》の兵士を無力化し、情報を吸い取った。

奴等の手口は分かっている。

床《ゆか》に刻まれた透明《とうめい》の魔法陣を壊《こわ》せばいい。そして、光の魔法使いであるシャーロットにはそれが出来る。シャーロットには、既《すで》にやり方を伝えている。


「……ふう」

俺には別の仕事がある。

二人が動きやすいように、物見塔から錆の連中を引きはがす。

そのためには、大暴れをしなくてはいけない。

囚《とら》われの身となっているサンサも状況は理解しているはずだ。

今、この戦いで最も急を要することは、血酔水晶を破壊し、魔法を取り戻《もど》すこと。

「若様……姿が見えないと思ったら何をしていたんですか」

「ちょっとな。それより、相変わらず中はひどい雰囲気《ふんいき》だな」

「万事《ばんじ》休すですから」

「誰《だれ》も寝《ね》ていないのか」

「そりゃあ……公爵《こうしゃく》様の一大事ですからね」

大聖堂の中は相変わらずの悲観ムード。

魔法が使えない魔法使いなんてただの兵士にも劣《おと》る存在だ。

公爵家の騎士《きし》だから、本物の剣も所持しているが、魔法の有無《うむ》はそれだけ大きい。

中にいる騎士達も勝ち目がないことが分かっているんだろう。

そして父上の性格も知っている。

あの人は、一度言い出したらも聞かないからなあ。

「ミント。父上に、会わせてくれないか？」

「……いいですよ」

今度は邪魔《じゃま》されなかった。


大聖堂の奥にある個室、ベッドの上に父上が寝かされていた。

色とりどりのステンドグラスから、光が差し込んでいる。

「……」

父上の微《かす》かな息遣《いきづか》いが耳に届く程《ほど》、静寂に満ちた部屋だった。

力の指輪を使用し、魔力さえ奪《うば》われた父上の容態は芳《かんば》しくない。

「……貴方《あなた》は、よくやったと思う」

ここ最近じゃ、見たこともなかったぐらい安らかな顔だ。

公爵家当主としての重圧、そして公爵が担《にな》うべき役割。

それは俺が思うよりも遥《はる》かに重たいものだろう。

俺が知らなかっただけで、父上と錆の戦いは幾度《いくど》も行われていたのだという。

それは街中で、誰にも知られぬように静かに。

「……スロウ、逃《に》げろ」

父上は微かに目を開いた。

「なんだ、起きてたのかよ」

「ここまで酷《ひど》い気分は久しぶりだ……」

「そりゃあ力の指輪の副作用はきついって聞くし」

それに父上も血酔水晶によって魔法が奪われている。

あれからずっと俺も変な怠《だる》さを感じている。二重にしんどいだろうな。

「おい、無理するなって」

「……」

家族に弱り切った姿を見せることが耐《た》えられないんだろう。

起き上がろうとするが、すぐに諦《あきら》めたようだ。

「最悪の気分だ……」

相手が何枚も上手だったことを認めているのか、自嘲《じちょう》気味だ。

錆の連中は、完全に俺達を上回っていた。

サンサを捕らえた後に俺達の陣地《じんち》まで、攻撃《こうげき》を仕掛《しか》けることも十分に可能だっただろう。

今の俺達の戦力は魔法が使えなくなった騎士が大半。

奴等《やつら》にとっては赤子の手をひねるぐらい、簡単な仕事だ。

「スロウ、以前伝えた言葉は撤回《てっかい》する」

「何か言ってたっけ」

「逃げろ……」

「……」

父上からこんな言葉が出てくるとは思っていなかった。

ぼけっと高い天井《てんじょう》を見つめている。頭の中で何を考えているのか。

マグナと父上の間には、確かな信頼《しんらい》関係すらあるようだったし、二人の関係は専属従者のミントだって分からないと言っていた。

「逃げるって、どこにだよ」

「……お前の部屋に諸国への逃亡《とうぼう》先を纏《まと》めたリストがあることは知っている。いざという時に備えていたのだろうが、今がその時だろう……」

「……最低だな」

つうか、人の部屋を漁《あさ》っていたのかよ。最低の父親だな。こいつは。

多分、サーキスタ大迷宮《ダンジョン》に向かっていた頃だろう。

ああ、そういえばミントが俺の部屋を荒《あ》らしに荒らしまわっていたっけ。

てかさ。そういえば俺は父上に勝手にサーキスタのお姫《ひめ》様であるアリシアと婚約《こんやく》関係にさせられたり、恨《うら》み言《ごと》をぶつけようと思っていたんだよ。

錆との闘《たたか》いに巻き込まれて、すっかり忘れてしまった。

「……」

でも、この弱りようを見ていると何も言えなくなってしまう。

「俺も年だ。身体《からだ》にガタがきちまった……」

バルデロイ・デニングという男は、滅多《めった》に弱音を吐《は》かない。

弱り切った姿は家族である俺だって見たことがなかった。

「もう喋《しゃべ》るなよ。傷に障《さわ》るぞ。それに十分だろ」

力の指輪を使ったんだ。

副作用の強さは知っている。

あの錆の頭目、マグナの心臓を貫《つらぬ》く寸前まで追い込んだんだ。

「スロウ、前に言った言葉、もう一つ撤回する」

「……」

「お前は……切り捨てることができる人間だと言った。私やサンサとは大きく違《ちが》うと」

「何も間違っていないよ」

「……嘗《かつ》てはお前の大きな欠点だと思っていた。だが、最近思うようになった」

「……」

「胸を張れ、お前の長所だ……」

父上はそのまま、気を失った。

気を失う直前に一言言い残して。

「あれを持って、この地を去れ……」

父上が指さした机の上には一枚の紙が置かれていた。

裏側からでも、表に父上のサインが力強く刻まれていることが分かった。

最後に父上が言い残した紙を手に取り、中身を読む。


大聖堂の外に行くと、寒さに震《ふる》える。

もう冬になろうとしている。これからは外套《がいとう》が必要だなあ。

「……」

あの二人は、もう動き出しているだろう。

「ミント。父上から渡《わた》された。これは、何のつもりだ」

相変わらず外のベンチに座ったままの彼女に話しかける。

「あー、見ちゃいましたか……それ、私も協力して用意したんですよね」

紙は裏側からでも父上の署名が透《す》けて見えた。

内容は、公爵家当主である父上から俺への指令状。ただ、内容が可笑《おか》しかった。期限は無期限の特別任務、内容は口頭によってのみ伝えられ、任務中は誰の指示も受けない。

たとえ女王陛下であってもだ。

見方によったら、俺はこの紙を渡されたあの瞬間《しゅんかん》から自由とも、読み取れた。

手の中で、紙をクシャッと握《にぎ》りつぶす。

「若様がマグナを仕留め、公爵様は堂々と若様の貢献《こうけん》を認める。マグナ討伐《とうばつ》はどう転んでも、若様が独り立ち出来るようにと……若様、愛されていますね、自由になれますよ」

「……何度も言ってるだろ。俺は公爵家の当主なんか」

「違います」

力強く、ミントは断言する。

「公爵様が望んだのは別の道。公爵様は、マグナ討伐に関わる功績を、若様に与《あた》えるつもりでありました。今後、陛下が若様に手出し出来ないように」

「……」

くそ。余計なお世話だよ。

俺がこの国で生きる限り、陛下から特別な指令を与えられることは目に見えていた。

錆を殲滅《せんめつ》すれば、裏の仕事をなす代わりが必要だ。

薄《う》っすらと、便利屋にされる未来は見えていたことだ。

「……」

「若様がルイス様の宝剣《ほうけん》を持ち帰ってから、特に思いが強くなられたようです。ルイス様が公爵家当主であればどのような裁断をマグナに下すか、考えられておいでてした」

「……ルイスなら、奴等を討伐しようとはしないだろう」

ルイスなら、別の道を模索《もさく》したはずだ。

奴等は本気で帝国《ていこく》へ潜入《せんにゅう》することが、国のためになると思っている。

ただ、陛下の意には反している。

マグナの考えは陛下の逆鱗《げきりん》に触《ふ》れて、陛下は彼らの抹殺《まっさつ》まで命じた。

父上は、マグナを筆頭に、奴等が立派な愛国心を持っていることを知っている。

奴等は自らの存在を抹消《まっしょう》しながら、騎士国家という国に尽《つ》くし続けている。

「公爵様の身柄《みがら》を引き渡し、終結です。我々は勝負に勝ち、敗北したのです」

「……」

「若様は、どうされるのですか」

「……」


俺は利用されたんだ。

あの野郎《やろう》は、自分が死ぬことを利用して、俺を担《かつ》ぎ上げて。

「俺はな。諦めが悪いんだよ」


大聖堂の中で、シルバを待つ。

学園長の部屋で俺が探していたのは、地図だけじゃない。

シルバには俺の部屋から、あるものを持ってきてもらっていた。

それは学園長の部屋からとってきた小箱だ、中には大量の指輪。

「坊《ぼっ》ちゃんの部屋から持ってきましたが、こいつはすげえっすね……」

「モロゾフ学園長の趣味《しゅみ》は武器作りなんだよ。あんまり知られてないけどな」

大聖堂にいた騎士《きし》達が、何やら騒《さわ》がしく動き出した俺達を怪訝《けげん》な目で見ている。

さて、あいつらの目に映るように大きな声で伝えるとしようか。

シルバに軽く目配せすると、奴は心得たとばかりに頷《うなず》いた。

「でも坊ちゃん！　これが本当に武器になるんすか⁉」

木箱から、重さも感じられない氷の指輪を取り出した。合言葉は確か……。

「夜が明ける《デイブレイク》」

その一言で指輪は手のひらの中で溢《あふ》れる水へ変化。

手のひらから溢れる水は地面へ落ちることなく、氷剣《ひょうけん》となった。

「おお、本当に剣になった！　坊ちゃん、試《ため》し切りしていいっすか？」

「そんな時間はない。戦いながら慣れろって言いたいが、一度だけな」

「了解《りょうかい》！　じゃあ、一度だけ……」

そして、シルバが氷剣を振《ふ》るうと、騎士達がどよめいた。

斬撃《ざんげき》が大聖堂の硬い壁《かべ》に大穴をあけたからだ。

「よく、こんなものがあの部屋にあるって知ってましたね」

「俺は物知りなんだよ」

学園がモンスターに破壊《はかい》されて、学園長は考えを改めたらしい。

防衛するために、力を蓄《たくわ》える。

いざとなれば、学生を強化させるための武装。

それは今、魔法《まほう》が使えない俺達にはぴったりのものだった。

学園長、貴方《あなた》のコレクション、使わせてもらいます。

「じゃあ。行くか、シルバ」

「ええ、坊ちゃん。サンサちゃんを助け出さないといけないっすからね」

氷剣は主に遠距離攻撃専門《えんきょりこうげきせんもん》――すべては、学生を守るためだろう。

魔力は学園長の部屋の樹木と繋《つな》がっていて、学園の中だけで有効な武装。

水の魔法で、魔力を付与《ふよ》された剣。

「――お待ちを、若。勝機がある、そういうことですね」

騎士達も分かっている。

この絶望的な状況《じょうきょう》の中、分が悪くとも活路があるという事実がどれだけの希望となるか。

あいつらは両手の指でも足りない程《ほど》、父上を守ってきた騎士達だ。

彼らには全てを伝えた。

あの二人が、サンサを救うために行動を開始した。

俺達の仕事は鋳の連中を全員、物見塔《ものみとう》から引き出すことだと。

俺の予想通り――――騎士達は目の色を変えた。

道を越《こ》えて、奴等《やつら》の陣地《じんち》に突撃《とつげき》。

現れた錆の連中は、最初は数人だった。

まだ大半は、あの物見塔の傍《そば》をうろついているんだろう。

全然だめだ。全員をこっちに連れてくるぐらいしないと、あの二人が動けない。

「若様！　先頭は我々が！」

「俺にかまうな！　奴等の相手をしろ！」

魔法使いでなくとも、魔法の剣が使えるようになる。

ただ、剣を構成する魔力は有限だ。魔力は学園長の部屋で侵入《しんにゅう》者を攻撃するあの樹木から提供されている。この剣は、あの樹木から作られているのだ。

鞘《さや》のない氷の剣。振るう力によって、樹木から取り出される魔力が違う。生徒よりも遥《はる》かに膂力《りょりょく》のある歴戦の騎士が振るえば、奴等でさえ近寄ることを躊躇《ためら》う程の斬撃となる。

「爺《じい》さんに伝えろ！　奴等、武器を調達しているぞ！」

「お前ら、あの斬撃には触れるな！　中に毒が混じってるぞ！」

が、学園長。

あんた。なんて危険な武器を生徒に持たせるつもりだったんですか……。

道を幾《いく》つも越えた先。

何棟《むね》もの校舎、学生が多数利用する連結地点、普段《ふだん》は憩《いこ》いの場として賑《にぎ》わっている広場に奴等はいた。祝杯《しゅくはい》の真似事《まねごと》か、酒を飲んでいたようだ。

俺達が投降したわけでもないのに、もう勝利気分かよ。

「ひゃは、負け犬どもが攻《せ》めてきたぞ！」

仮面の男達は、酒が入ったグラスを投げ捨てて、俺達に向かってくる。

「ひひ！　また会ったな！」

こいつも出てきたってことは、本当にもうすぐだ。

この男には戦いが始まってから、ずっと苦しめられてきた。

イチバンを時間を掛《か》けずに倒《たお》すことが出来たら、騎士達の士気も上がるだろう。

「マグナはどこだ」

「さあな！　俺だって知らねえよ！　いつもの散歩じゃねえか⁉」

「お前らのボスは呑気《のんき》だな！」

「ひひひ！　問題ねえよ！　俺達の勝利は揺《ゆ》らがねえからな！」

「それはどうかな」

「……ひひ。面白《おもしろ》いものを持っているな、力の指輪！　確かにあの公爵《こうしゃく》と同じ血が流れているお前なら使えるなあ！　ひひ、一度味わってみたかったんだ！」

力の指輪、公爵家の血を持つ者にしか扱《あつか》えない公爵家の秘宝。

イチバンはじっくりと、俺の身体《からだ》が力の指輪、その恩恵《おんけい》を受けるのを待っている。

まさか俺だって、この力に手を染めるとは思わなかった。

公爵家の呪縛《じゅばく》から逃《に》げ続けようとした俺が使うのは間違《まちが》っている。

だけど、俺にはこれしかなかった。

「イチバン！　一人で大丈夫《だいじょうぶ》か⁉」

「ひひ。余計なこと、するんじゃねえぞ！　力の指輪があれど、魔法も使えない！」

自信過剰《かじょう》だ、万が一にも俺に負けるなんて考えていないのだろう。

「ひひ、スロウ・デニング。お前のタイミングで、掛かってこい」

「……後で後悔《こうかい》するんじゃねえぞ」

心が震《ふる》え、身体も震えた。使い方は、指輪に血を垂《た》らす。それだけだ。

「ふうっ…………」

心拍《しんぱく》数の上昇《じょうしょう》。

——感覚が、研《と》ぎ澄《す》まされていく。

まるで自分の身体じゃないみたいだ。

俺の目は、イチバンの姿を映し続ける。

——あいつに構っている暇《ひま》はない！

一瞬《いっしゅん》で決める！

「ッらあ」

感情の爆発《ばくはつ》と共に、瞬間的に動き出した。

イチバンとの間に距離がある。

十歩は掛かると思っていたのに、奴との距離を二歩で埋《う》めた。背後に回り込む。

「ひひ、はええな！」

あいつも反応するが、間に合っていない。

「イチバン！」

誰《だれ》かが俺に向かって魔法を放つ。このままイチバンを倒しても良かったが、それは必殺の一撃だった。イチバンを討《う》つために、大怪我《けが》を負うわけにはいかなかった。

イチバンには、そこまでの価値はない。

一旦《いったん》、飛びのいて、仕切り直しだ。

「余計な真似《まね》するんじゃねえ！」

イチバンは味方に向かって恫喝《どうかつ》。

そのまま俺を見て、ギリギリと歯軋《はぎし》りをし、笑う。

「……ひひ、お前なんで笑っている！」

「楽しいからだよ、イチバン！」

体感時間が、極限まで圧縮されていく。

全てがスローモーションに。

視界が、イチバンを中心に歪《ゆが》んでいく。

「ひひっ！　俺もだよ！」

この世界なら、戦える。

イチバンの不規則な動きが、全て見える。

──これなら！

奴の動きに惑《まど》わされることなく、躊躇わずにイチバンの顔を掴《つか》んだ。異常な過負荷《かふか》に身体が悲鳴を上げている。今の俺の力は、力の指輪の効果によって強化されている。

間髪《かんはつ》を入れず、力のままに、地面へ叩《たた》きつける。

「ヒ」

とんでもない音が聞こえた。

広場に集まっている誰もが、こちらを見て顔を歪めていた。

イチバンは、動かない。動けるわけがない。力の指輪の効果。並外れた膂力を持ち、俺
のパンチでも地面をめり込ますことが出来そうなんだから。

「まさか、卑怯《ひきょう》だなんて言わないよな」

「……ひひ、な、なんで、動ける……」

倒れたまま、くぐもった声。

だけど、奴は驚愕《きょうがく》しているようだ。俺も同じだ。

まだ意識があるのかよ、どれだけ頑丈《がんじょう》な身体なんだ。

でも、一応答えておく。アニメではシューヤのために命を張った男だ。

「……楽しい、からかな」

「お、お前、錆に向いているぜ……」

ああ、そういうことか。

こいつらに親近感がわく理由、嫌《きら》いになれない理由。

錆の部隊に選ばれるのは、戦場で仲間を助けるために英雄《えいゆう》的所業を行った戦士が大半。

彼らは、仲間や騎士《きし》国家の未来のためには命を惜《お》しまない。

俺はシャーロットと一緒《いっしょ》にいるために、全てを捨てた。少しだけ、似ているからか。

「若の姿を見ろ！　我らも、後《おく》れをとるな！」

「坊《ぼっ》ちゃん！　大丈夫っすか！」

理由は分からない。

大聖堂で騎士達を鼓舞《こぶ》したときから、妙《みょう》な高揚《こうよう》感が高まっていた。

口元には、笑《え》みがこびりついているだろう。父上に巻き込まれ、始まった戦い。

シャーロットを危険な戦地へ駆《か》り出すまでに、追い詰《つ》められている。

それでも俺はいつの間にか、捨てたものを取り戻《もど》していったんだろうか。

「まだまだ、暴れるぞ……」

マグナに次いで面倒《めんどう》な男は無力化した。

俺達はこの場で暴れるだけだ。

改めて覚悟《かくご》を決める――その時だった。

「なんだ!?」

轟音《ごうおん》が訪《おとず》れる。誰もが動きを止めてそちらを見た。

「塔《とう》が……崩《くず》れるだと！」

あの二人が狙《ねら》っていた物見塔。

轟音が轟《とどろ》いた。シャーロットとクラウドが向かった先、物見塔が倒れていく。

「まずい、あそこには――」

仮面を身に着けた男の慌《あわ》てた声が聞こえるが、もう遅《おそ》い。

周囲に瓦礫《がれき》が飛び散り、砂嵐《すなあらし》が起きた。

サンサ達が塔を破壊《はかい》した音。あいつら、無茶をしたな。だが、サンサやあのコクトウが自由になれば、それぐらいのことはやってのけるだろうとも思うのだ。

「おい！　誰か様子を見てこい！　あそこには――」

あの二人がやってくれたんだ。

こんなにも早く、やり遂《と》げてくれた。

だって――力が戻ってきた。


効果を実感した瞬間、闇空《やみぞら》に光の爆発が生まれる。

「……っ！　今度はなんだ！　何が起きている！」

目の前で大きな爆発、そして次々と流星群のように、それが降りそそぐ。

振《ふ》り返って、彼女がいるだろう場所を見た。

姿は見えないが、それでも確信出来た。

あそこで彼女は、その時が来るのを待ち続けていたんだろう。

不意にクラウドの言葉を思い出した。

確かに。君は、戦場の女神《めがみ》だ。

「騎士達よ！　血酔水晶は消えた！　彼女の魔法が証拠《しょうこ》だ！」

こんな大声、俺が出してるのかよ。

驚《おどろ》かずにはいられない。これでもクールを気取っているからさ。

だけど、今が攻め時だ。今をおいて、ほかにない。

「何故《なぜ》、動けるッ！　力の代償《だいしょう》は、どうした！」

「若……これ以上の無理はお止《や》めに！　代償がすぐにっ！」

「俺に構うな！　勢いのままに、打ち倒すぞ！」

全て、想定通りだ。

力の指輪を解放した後に魔力が戻る。

これでまだ、まだ……動ける。

「若の言う通り！　我らの力を、見せつけろ！」

こちらの士気は最高潮、錆の連中を圧倒《あっとう》している。

それに乱戦こそ、俺達公爵《こうしゃく》家の本領が発揮出来る場面なのだ。

だけど、騎士達の勢いを削《そ》ぐ者が現れる。

「そいつを、取り囲め！」

一人、可笑《おか》しな奴がいた。明らかに他とは異なる動きで、騎士達を叩き潰《つぶ》していく。

おいおい……蹴《け》りだけで騎士が一人、校舎の中にめり込んだぞ。

錆の連中とは隔絶《かくぜつ》した力を持つ者。

「力の指輪を解放してもなお、君は立ち続けている」

錆の頭目、マグナの登場に、皆《みな》が気を引き締《し》めた。

「血酔水晶の解放が大きいのか」

再び、右手の人差し指に嵌《は》めた指輪の力を解放させる。

「それとも、他の要因があるのか」

息を浅く、何度も吸い込んでいく。

力の指輪は、覚悟の証《あかし》だ。

「いいか！　俺に近づくなよ！」

この場で絶対に、終わらせる。

あの二人が導いてくれた千載一遇《せんざいいちぐう》のチャンス。

逃《のが》すわけにはいかない。

——一呼吸。

その瞬間、能力が上がる。力の指輪が、再び効果を発動する。

マグナに向かって動く——飛んだかと思うぐらい、一歩が長い。

「お前には……氷、だろッ！」

それだけで、一瞬、意識が飛んだ。

マグナは俺の魔法を避《よ》ける。あいつの背後、俺の魔法を受けた校舎が、氷漬《こおりづ》けになった。

俺の魔法も大きく強化されていた。風を巻き起こせば、花壇《かだん》の土が抉《えぐ》れ、木々がなぎ倒《たお》される。ごめん、戦いが終わった後、この惨状《さんじょう》を元に戻すのは大変だろう。

「私の弱点を聞いたか」

声は出せない。

空気は、肺の中に残したまま。

猶予《ゆうよ》はない。こいつの身体《からだ》は異常だ。

顔が真っ赤になる。

「力の指輪、二度目の解放なんてまともではない」

まともじゃない相手と戦うには、まともじゃいられない。

それに俺の体術は、父上に劣《おと》っている。

だったら、底上げするしかない。

「ふ、やはりまともじゃない」

――深い底に、沈《しず》んでいく。

父上もそうだった。

力の指輪、発動時。どうしても周りへの意識が疎《おろそ》かになる。

世界に、マグナと自分しか、映らない。

「苦しいだろう」

喉《のど》を押さえる。

それでも、立ち上がらねばならない。

目まぐるしく、揺《ゆ》れる視界。

それでも速いマグナの動きを、俺の目はしっかりと捉《とら》えていた。

「無謀《むぼう》だよ、バルの息子《むすこ》」

これが最後。

だから力が溢《あふ》れる。

「……！」

俺の魔法で、凍《こお》っている。凍りついていく。

大気の水蒸気が雪となり、降りそそいでいる。

世界が俺とマグナを中心に、どこまでも氷に包まれていく。

目につく全てに白い魔法陣《まほうじん》が生まれていった。そこから氷の魔法が次々と発現していく。

「……ッ‼」

誰《だれ》かが何か言っている。

──近寄るなよ、シルバ、父上の騎士達。頼《たの》むから、離《はな》れていてくれ。

「……ッ！　ッ！」

誰かが叫《さけ》んでいる。

それも一人じゃない、大勢が何かを叫んでいる。

「意識の混濁《こんだく》。無理もない」

マグナの声だけが、しっかりと聞こえていた。

意識がかすれていく。

「……！」

苦しさに、悶絶《もんぜつ》しそうになる。

頭に響《ひび》く鈍痛《どんつう》。これ以上は止めろって、頭の深い部分が警告している。

だけど、止まれないんだ。止めるわけにはいかない。
どうやって、俺の身体が動いているのかも分からない。
俺は父上程《ほど》、技術に長《た》けていない。
だったら、父上以上に無茶をしなければ。
もっとだ。もっと、深く、潜《もぐ》れ。
息は吸えない。力の指輪は、強い覚悟に応えてくれる力なんだ。
「少し、羨《うらや》ましい」
もう、見えない。
俺の目には何も映らない。ただ、マグナの姿が黒い点として、そこにいる。
全身が、限界に近いと伝えている。
「バルは素晴《すば》らしい後継《こうけい》を得た。しかし、だ」
まだやれるだろ、と己《おのれ》を叱咤激励《しったげきれい》。意志の力だけで立ち続ける。
身体が、死に向かっている。
何のために、俺はこの力に、身を任せたのか。
理由さえも曖昧《あいまい》になって、深いところへ意識が沈んでいく。
「戦いの結末は、決まっている。君が頑張《がんば》る必要は、何もない」

風の大精霊《せいれい》は、二人の力だけで突破《とっぱ》は無理だと考えていた。

確かに、あのじゃがいも顔の男が所有する魔剣《まけん》は類い稀《まれ》なる力を持っている。

それでも風の大精霊はサンサを助け出すことは不可能だと結論づけた。

その理由は、地図には映らない魔法生物、ゴーレムの存在にあった。

「まさか、若様の従者に助けられるとは！　一本取られましたなあ、サンサ様！」

破壊された塔の周りで、サンサ・デニングと従者コクトウがゴーレムを粉砕《ふんさい》する。

地図には映らないゴーレムが、何百体と物見塔の周りを徘徊《はいかい》する異様な光景。

それを目にしたシャーロットとクラウドの二人は、想定と違《ちが》う敵の出現に唖然《あぜん》としていたが、すぐに覚悟《かくご》を決めた。これは時間との勝負だと分かっていたからだ。

「サンサ様、これでもまだあの子が、若様の従者には相応《ふさわ》しくないと？」

理論上は可能であった。

彼らが生み出したゴーレムは、初めに魔法学園を蹂躙《じゅうりん》したゴーレムと同様の性質で、脅威《きょうい》と認識《にんしき》する相手以外は、襲《おそ》わないよう作られていた。

学園の生徒と同じように、ゴーレムの脅威にシャーロットは含《ふく》まれていなかった。

それでも、その塔《とう》を上るには大きな勇気が必要で、何が起きても不思議はなかった。

「うるさい、コクトウ！　余計な口は引っ込めておけ！　合格だ！」

風の大精霊もいつでも飛び出せるように身構えていたが、その必要は結局なかった。

あの子も成長したもんだと、塔を上りきった彼女を見て、風の大精霊は思ったものだ。

●

「――戦いの結末は、決まっている。君が頑張る必要は、何もない」

そうだ。どうして俺はここまで本気になっているのだろう。

以前の俺ならシャーロット以外、何もいらなかったのに。

シャーロットは……無事だろうか。

「そうだ、それでいい」

口の中で、鉄の味がした。

頭の中で、警告が発せられる。

これ以上は、危険だと。楽になれって。

俺は楽になっても、いいんだろうか。

『あ！　スロウ様、起きたみたいですね』

シャーロットの声が、頭に響く。

『スロウ様はとっても頑張ったんだから、まだまだ休んでいいんですよ？』

どこかで聞いた台詞《せりふ》だ。

走馬灯か。きつい現実を前に、遂《つい》に頭が現実逃避《とうひ》を始めたのか。

『スロウ様。あーん』

だってシャーロットは今の俺を見て、そんなこと言わない。

『あの……サンサ様、スロウ様の新しい従者候補の人って……どんな人なんですか？』

新しい従者候補として、ミントがやってきて。

ミントを追い出そうとした俺と違って、シャーロットはあの子を受け入れて。

『へへ、俺だけじゃないっすよ！　なんと！　クラウドの旦那《だんな》もいます！』

俺は、懐《なつ》かしいあの日を取り戻《もど》した。

戦場の中にあったとしても、紛《まぎ》れもなく居心地《いごこち》のよい時間で。

あの思い出に包まれていられるなら、このままでもいいかな。

『だから、恩を売ったじゃないですか。助けてほしいから』
ごめん。君の願い、叶《かな》えられそうに……。

『おい。少し、落ち着け』
頭の中に、誰かの声が叩《たた》き込まれる。
走馬灯にしては随分《ずいぶん》とはっきりした声だった。
誰だよ。今、良い所だったんだぞ。
『あの子はお前のような力もないが、やり遂《と》げたぞ』
……。
『お前がその体《てい》たらくで、いいのか？』
そうだ。
そうだった。
『あの子から、お前への伝言を預かっている』
俺達が力を取り戻した理由。
シャーロットは、やり遂げてくれたんだ。
『また四人で騒《さわ》ごうと言っていた』

……。

『次は一晩中がいいらしいと、姫《ひめ》は言っている』

聞いた瞬間《しゅんかん》、涙《なみだ》が出そうになった。

もう訪《おとず》れないと思っていた四人の時間。

あれを心地よいと感じていたのは、俺だけじゃなかったのか。

『分かるな、スロウ。お前のなすべきこと』

──風が吹《ふ》いて、目を開いた。

視界が広がる。

一瞬だけど、頭の中がクリアになった。

そして全部、見えた。

「若！　一人では、ありませんぞ！」

あいつらが俺のすぐそばにいた。

なけなしの力を振《ふ》り絞《しぼ》って、援護《えんご》をしている。

いつの間にか、全てが氷に覆《おお》われていた。空からは雪が降っている。足元は氷に覆われ、マグナが振るう炎《ほのお》なんて、ちっぽけな灯火《ともしび》のようだ。極寒《ごっかん》の地獄《じごく》みたいな光景だ。

「坊《ぼっ》ちゃん！　俺達を頼《たよ》れ！　少しぐらいなら、俺達だって奴《やつ》と渡《わた》り合える！」

誰が、どこにいて、何をしようとしているのか。

頭の中で、パズルがカチリとはまった。

騎士《きし》達の姿が、シルバの位置が、今もなお狙《ねら》い続ける、彼女の存在まで。

『繋《つな》げるんだにゃあ』

ありがとう、アルトアンジュ。

やるべきことが見えたよ。


深い底から、意識を浮上《ふじょう》させる。

「バルの息子……死んだかと、思いましたよ」

イチバンの動き、あいつの人間の外にいた動き、今なら俺も出来る。

俺の踏《ふ》み出した足元から地面が凍《こお》っていく。

瞬《まばた》きも忘れて、マグナの身体《からだ》を追いかける。

「ここへ来て、見違えるような動きだ」

人体の構造を、強引《ごういん》に捻《ね》じ曲げてマグナを追う。

勝利なんて考えない。ただ、あいつの身体を凍らせる。
身体に触《ふ》れれば、魔法の効果は跳《は》ね上がる。
そのために、風を摑《つか》む。
「驚《おどろ》いた。そこまでの才能があったか」
あいつの身体を纏《まと》う空気ごと引き寄せる。
自分でも何をやっているのか理解出来ない。
だけど、これが力の指輪の効果。
「……捕《つか》まえたぞ」
俺の手が、初めて奴の腕《うで》を摑んだ。
皮膚《ひふ》の冷たさにぞっとする。
「それが？」
マグナの声には、焦《あせ》りもない。
しかし、それで彼女には十分だった。
見えないけれど、ちょっと身体を傾《かたむ》ける。
直前まで俺の頭があった場所を通過して、マグナの太ももに弓矢が突《つ》き刺《さ》さる。
マグナの片足が一瞬で氷に覆われた。

「若様！　動かないでください！」

次々と氷の矢が放たれる。それはもはや、矢よりも鋭利《えいり》な氷の槍《やり》と言っていい。

こんな神業《かみわざ》が出来る奴なんて、一人しか知らなかった。

父上の専属従者が、高台からこっちに狙いを澄《す》ませている。

思わず笑いが出た。ミント。君、容赦《ようしゃ》なさすぎ。

「なるほど」

さすがのマグマも目を見開いた。

奴の身体で凍っていない箇所《かしょ》を見つける方が難しい程《ほど》。

それでも致命傷《ちめいしょう》には遠いのか。マグナが目の前で笑った。

「それで？」

ひゅうと、口笛を吹きやがった。こいつは化け物だ。俺達の常識は通じない。

俺の頭を掠《かす》めた弓矢が、マグナの額を貫《つらぬ》いた。

奴の顔面も瞬く間に凍っていく。

錆の連中が何かを叫《さけ》んでいる。騎士達が奴等を必死で押しとどめていた。

「一つだけ、興味がある。何のために？」

力の指輪は光り続けている。

呼吸は出来ない。

息を吸った瞬間、この力は霧散《むさん》する。感覚で分かる。

「……家族へ、迷惑《めいわく》を、かけ続けた」

これっぽっちで、贖罪《しょくざい》になるとは思えない。

それでも、少しでも、罪滅《つみほろ》ぼしになるのなら。

「君は……そうだったな」

その瞬間、マグナが笑ったような気がした。

今、自分がどんな状況《じょうきょう》なのか分かっているのか。

「ずっと、狙っていたのか」

尋常《じんじょう》じゃない力で、その場で奴に突き飛ばされた。

せっかく、あいつを捕まえたのに。

「聞け、スロウ！」

力の指輪で、極限までゆっくりになった世界で。

俺の視界を切り裂《さ》いて現れたのは父上だった。

俺がサーキスタ大迷宮《ダンジョン》から持ち帰った魔法剣《まほうけん》ダブル、マグナの胸が貫かれる。

「お前に任せるなど、私らしくはなかった！」

そうだよな。

魔力が戻れば、多少は身体の無理もきく。

二回目の力の指輪。俺だって、動くことが出来たんだ。

この状態で、あんたが動かないわけがない。

残ったのは完全に凍り付けになったマグナの姿。

「最後に言い残す言葉はあるか」

「……素晴《すば》らしい」

嘘《うそ》だろ、おい。

なんで笑ってるんだよ。氷像《ひょうぞう》の中に、マグナが閉じ込められている。

身体中を氷漬《こおりづ》けにされて、どうしてお前の声が聞こえるんだよ。

「安心しろ、スロウ。もう……終わりだ」

父上の魔法剣が、氷像と化したマグナの首を落とした。

●

疲《つか》れ切った身体が地面に倒《たお》れる。

ほてった身体だけど地面が冷たすぎて、途端《とたん》にくしゃみが出そうになった。

「はは、何だよこれ。やべえ」

戦いの余波に、目を丸くした。氷の世界に、未《いま》だ吹き止《や》まない暴風が辺り一帯を薙《な》ぎ払《はら》っていた。校舎が氷漬けになり、世界の終わりのような光景だ。

笑ってしまうぐらいの破壊《はかい》の光景。これが力の指輪か。

「……」

マグナが倒されたことで、錆の連中が一気にその場を逃《に》げ出した。騎士達は奴等を追っている。終わったんだ。錆との関係は、公爵《こうしゃく》家の歴史でもあったはずだ。

俺達が一つの歴史を終わらせてしまった。

女王陛下の望みだが、公爵家の弱体化は避《さ》けられないだろう。

「終わったな」

「……父上。学園への賠償《ばいしょう》金はどれぐらいになるでしょう」

確か今回の戦いで発生した費用《かかっ》は、公爵家が負担するはずだ。

これ、天文学的な金額になるんじゃないか？

「……止めろ、今はそれを考えたくない」

父上もそこにいる。腰《こし》を下ろして、魔法剣ダブルに手を掛《か》けている。

「父上、前から気になってたんですけど……父上が公爵になってから公爵家は財政難になったって聞きます。もしかして」

「こういうことだ。好き放題やってきた」

そういうことか。呆《あき》れるぜ。

「終わった後にこんなこと言いたくないんですけど、本当に良かったんですか。錆がいなくなれば、公爵家は弱体化する。錆との関係が公爵家の強みでもあった筈《はず》です」

大昔の公爵家当主が錆の頭目を倒し、従えた。

そこから公爵家と錆の関係は始まり、公爵家は飛躍《ひやく》的に力を伸《の》ばした。

錆は、公爵家にとって強力な手駒《てごま》だ。

「かまわない。公爵家の弱体化は、あり得ないことだ」

「確かに奴等《やつら》の大半はまだ生き残ってますけど、錆はマグナの命令しか聞かないとミントに聞きましたが……」

「あいつの悪いところは口が軽いところだな。それに、気に入った相手に感情移入しすぎるところだ。あいつの父親は、それはもう静かな男だったんだがな……」

「父上、問題ないっていうのはどういう……」

「マグナは、死んでいないからだ」

「死んでるじゃないですか。身体を氷漬けにされて、頭を落とされて……」

「マグナ。悪趣味《あくしゅみ》だ。死んだ振りなど、やめろ」

父上がマグナに声をかけた。死人に声をかけるなんて、何を考えているんだ。

でも、目を疑ったんだ。氷漬けになったと思った身体、氷がいつの間にか解けていた。

そして、マグナがひょっこりと上半身を起こしたからだ。

「二対一は卑怯《ひきょう》だと思いますが、敗北です。面白かったですよ、バル」

目を疑った。それはマグナの声だ。

落とされた筈の頭が、口が動いている。

それに、ギョロギョロした眼球。

「お前みたいな、可笑《おか》しな存在相手だ。二対一ぐらい、何が問題だ」

あいつの首から根っこみたいなものが伸びている。それは触手《しょくしゅ》だ。

触手は、身体を探しているのか、うねうねと動き、首の落ちた身体を摑んだ。

奇妙《きみょう》な光景だった。

言葉も出なかった。き、気持ち悪い。な、なにこれ。

「マグナは人でない。正体は、意思を持ったマジックアイテムだ」

マグナの首から伸びている触手が見事に、器用に身体と頭を結合させていく。

目を逸《そ》らしたくなるぐらい、グロテスクな光景だった。

「バルの息子《むすこ》。これは代々、歴代公爵のみに知らされる秘密です。あのエレノア・ダリスといえど知りませぬ。秘密にしてください。私は、騎士《きし》国家を愛する、ただの道具」

「……」

淡々《たんたん》と、騎士国家への愛を語るマグナ。

言いたいことは山ほどあった。だけど、ぐっと堪《こら》える。

そして一番聞きたいことを一つ。

「……つまり、父上とマグナはぐるだったと？」

「私は錆との関係を、断《た》ち切りつもりはない。陛下の目を欺《あざむ》く必要があった。そのために、死闘《しとう》を演じる必要があった。クルッシュ魔法学園を破壊するぐらいの規模でな。見ろ、スロウ。これだけ学園を破壊して、私達は生き残ったのだ。誰《だれ》が、我々の勝利を疑う」

「……」

なんだよそれ。

俺はあてられたってわけか。

父上は、それ以上、話してくることはなかった。

身体《からだ》を取り戻《もど》したマグナが、サンサやコクトウがどのようにして暴れて、物見塔《ものみとう》を破壊したかと教えてくれる。

何だよ、やけに呆気《あっけ》なく血酔水晶が破壊されたと思ったら、そういうことか。

「そういえば、スロウ。お前に一つ、聞いておくことがある」

身構える。

自分の手で、瞼《まぶた》を閉じた。どんなびっくり発言が飛び出してくるか。

公爵になれ、とかかな。俺はマグナの秘密を知ってしまったから。

「お前は、自由に、なりたいか?」

なんだその質問。

抽象《ちゅうしょう》的で脈絡《みゃくらく》もない。

自由……って、そんなの——決まってるだろ。

もう俺は、あんた達に関わりたくないっての……。

終章　旅出

学園生徒の一時帰還《きかん》が認められたのは、公爵家が学園を去ってから数日後のことだった。

シューヤ・ニュケルンも学園に戻ってきた生徒の一人として、一部が瓦礫《がれき》の山と化した学園を見た。

「シューヤ……ねえ、教えて？　何がどうしたらこうなるのよ……」

「アリシア、そんなこと俺に聞かれてもな……答えられるわけがないだろ……」

これから学園は再び、長い再建期間に入るらしい。

寮《りょう》自体は被害《ひがい》を免《まぬが》れたため、荷物の整理を行うために学生の帰還が許されたのだ。

「これ、モンスターが襲《おそ》ってきたあの時よりもひどくない？」

「だから、俺の顔を見るなって……俺だって何も知らないんだからさ……」

「はあ。使えないわね……でもやっぱり、この学園、呪《のろ》われてるんじゃない？　一年に二回も休校なんて普通《ふつう》じゃないわよ。私、授業料返してもらおうかしら」

アリシアとシューヤだけじゃなかった。

学園の有様を見て、一時帰還を果たした誰もが言葉を出せない。

真実は闇《やみ》に葬《ほうむ》られた。この場で何が起きたかを知る者は限りなく少ない。

しかし、公爵家の当主が関わっている事案。あえて、探《さぐ》ろうとする者もいないのだ。

公爵家の恐《おそ》ろしさは、貴族に生まれた者なら誰でも知っている。

「で、シューヤ。あんたが心なしか嬉《うれ》しそうなのは憧《あこが》れのサンサ様に会えたから？」

「べ、別にニヤニヤなんかしてないって！」

「その大事に持ってる手紙は何よ。公爵家の刻印と綺麗なサイン！　あのサンサ・デニングがヨーレムの街に滞在《たいざい》していたってのは私だって知ってるわ」

「こ、これはだな……あ、アリシア！　あれを見ろよ！　すっげえことになってる！」

ただ、学生の中でもただ一人。

シューヤはそれとなく事情を知っていたりするのだ。

ヨーレムの街で、サンサ・デニングの部下からサンサからの手紙を受け取っていた。

——とても助かったと、何かの折に感謝を直接告げたいと書かれていた。

「……カチカチに固まってる。何がどうなれば、校舎が氷漬けになるんだろうなあ……」

寮に向かう道中。道草をくっていたアリシアとシューヤの二人はそれを見上げる。

学園の至る場所に戦いの余波、未《いま》だ消えることのない傷跡《きずあと》が残されている。

中には氷漬けとなった校舎があって、大勢の学生が二人と同じように校舎を見上げていた。校舎を包み込む氷は、幾《いく》ら熱を与《あた》えても解ける気配がないらしい。

お陰《かげ》で校舎の中に入ることが出来ないと学園関係者は嘆《なげ》いていた。

物は試《ため》しとばかりに、氷を解かすために魔《ま》法《ほう》を放つ生徒の姿が見られた。

シューヤも彼らと同じように火の魔法を使ってみるが、結果は変わらず。

「アリシア………これ、多分デニングの魔法だよな。何かそんな気がする」

誰かが、これはスロウ・デニングの魔法に違《ちが》いないなんて言い出すと、同意の声が多数。

不思議とその言葉には、見る者を納得《なっとく》させる説得力があった。

寮に向かって歩き出す二人の前に、何やら盛り上がっている集団の姿が見えた。

彼らは顔を突《つ》き合わせて、数枚の紙を覗《のぞ》き込んでいる。

「やった大勝ちだ……！　今の私なら、家も買えちゃうかも！」

中には、浮《う》かれている平民の女の子の姿も見えた。

「はあぁ、神様、仏様、先輩《せんぱい》……最高です……」

誰かに聞けば、公爵家の争いがどこまで学園に被害をもたらすか、賭博《とばく》のようなものが生徒の間に広がっていたらしい。事情を聴《き》いて、アリシアは頭を抱《かか》えた。

「うちの生徒、逞《たくま》しすぎるでしょ……」

「よく考えたら、こういうのだってあいつがまともになってからだよな」

「……何がよ」

「退屈《たいくつ》しなくなったっていうのかな。上手《うま》く言えないけど、お前なら分かるだろ」

「スロウがまともになってから学園が壊《こわ》されていくって風にも言えるんじゃない？」

「そうとも言えるな。でも、そう思ってるのは俺だけじゃないみたいだ。ほら」

一時的に荷物を取りに来た学生達。

彼らもまた、シューヤやアリシアと似た話を繰《く》り返していた。

スロウ・デニングがまともになってから、学園に偉《えら》い人がやってきたり、楽しい出来事が増えたと喜んでいる者もいるようだ。中には事情通を気取り、今回の戦いで、スロウ・デニングが責任を取らされて遠方へ飛ばされたと語る者もいた。

男子寮四階に住むスロウ・デニングの部屋は、今やもぬけの殻《から》らしい。しかし、あのデニングの部屋に忍《しの》び込むなんて勇気ある奴《やつ》もいたもんだとシューヤは心の中で賞賛。

「デニングが遠方にねえ……でも、どこに行っても、あいつなら楽しくやってるだろ」

「そうね、それだけは間違いないわ」

凍《い》てつくような風──それは、身体を芯《しん》から凍《こお》らせる冷たさを伴《ともな》っていた。

「あああ！　さむいさむいさむい！　シャーロット、待って！　置いていかないで！」

北方の冬は、南方とは比べ物にならないと聞いたことがあった。

それでも、ここまで気候が違うのか。

まだ冬に入りかけだというのに、既《すで》に南方の真冬を超《こ》えた寒さを感じるんだ。

「……ぶひいい、ぶひいいいい」

両腕《りょううで》で服を幾重《いくえ》にも着込んだ身体を抱《だ》きしめる。

俺とシャーロットは雪山の中を歩いている。

一歩一歩が地面に降り積もった雪を踏《ふ》み締《し》めて、進んでいく。

すると、俺の前を歩いていたシャーロットが呆《あき》れた顔で振《ふ》り返って。

「ぶひいい」

「スロウ様、変な声を上げないでくださいっ、獣《けもの》か何かだと勘違《かんちが》いしちゃいますから」

「シャーロットは何で平気なの……」

「私、もう慣れました！　それにスロウ様、これからもっと北上していくんですから、今から参ってたら話になりませんよ？」

「これ以上寒いって泣きたくなってくるんだけど……」

帝都《ていと》で盛大《せいだい》な催《もよお》しが行われるとのことで、南方の大国が招待を受けたのだ。

だが、招待主はあのドストル帝国である。何に巻き込まれるか分かったものじゃない。

南方大国は、万が一があっても大丈夫《だいじょうぶ》な人選をしたという。

そして騎士国家からは俺が選出された。されてしまった。

いいや、押し付けられたとも言えるな。

「あの野郎《やろう》……面倒《めんどう》な仕事を押しつけやがって……」

「公爵《こうしゃく》様は人選に人選を重ねたって言っておられましたよ！　私も同感です！」

「……シャーロットは前向きだなあ。俺は厄介払《やっかいばら》いされたとしか思えないけど」

俺の仕事。

それはデニング公爵の代わりに、帝国という国を知ることだ。

帝国を探るべきだという、マグナの意思は達成されたわけだ。

「それでスロウ様、私達が向かう街って、どんなところなんでしょう」

「帝国の中でも最も南に近くて、雪男が住んでいるって噂《うわさ》の街だよ……」

「雪男！　楽しみですね！」

シャーロットの喜ぶポイントが分からないなあ……。

「はあ、旅の全てを記録しろって言われたし……面倒だよ……」

だけど、クルッシュ魔法学園には帰れない。

あれだけ学園を破壊《はかい》したんだ。

どんな顔をして、皆《みな》の前に戻ればいいんだよ。

特に俺が氷漬《こおりづ》けにしてしまったあの校舎。

どれだけ熱を与えても氷が解けないし、学園関係者から恨《うら》まれていても可笑《おか》しくない。

でも女王陛下をも欺《あざむ》くには、あれだけの大がかりな仕掛《しか》けが必要だったらしい。

今のところ、女王陛下は俺達がマグナを討伐《とうばつ》したと信じ込んでいる……多分。

「もう少し時期が早ければ馬車もあったらしいのに……」

「いいじゃないですか、スロウ様！　私、雪好きですよ！」

「シャーロットは前向きだなあ」

父上は奴等の思惑《おもわく》通り、錆《さび》の連中を北方へ送り込んだ。

マグナの要求を飲んだわけだけど、一つだけ父上の意向が付け加えられている。

奴等を自由にさせず、監視《かんし》役をつけること。

その監視役が、俺というわけ。

父上が俺を戦いに巻き込んだのは、俺と奴等の相性《あいしょう》を見るため。

既に奴等の一部は、俺達が向かっている街に滞在して、情報を探っているらしい。

父上の話じゃ、あいつらを管理するために、俺の手足となる人間も送り込んでいるらしいけど、誰《だれ》だって話だよ。俺の手足なら、この山歩きで苦しんでいる今を助けに来いよ！

「ひどい話だ、ほんのちょっぴりの資金だけ与えられて、幾つもの山を越《こ》えて帝国に行ってこいだなんて。これじゃあ、公爵家を放り出されたのと同じだ！」

「スロウ様なら問題ないって思われているんですよ。信頼《しんらい》の証《あかし》ってやつです！」

「そうかなあ。俺は魔法学園《クルッシュ》の復旧費用で金がなくなっただけだと思うけど……」

学園を破壊した賠償《ばいしょう》金で公爵家の家計はかつかつらしい。

だからって、これはないだろう……今、俺達は徒歩だぞ、徒歩。金があれば、馬車の代わりに雪道を進める移動手段だってあるのに……相当高いらしいけど……。

「はあ……結局、父上の掌《てのひら》の上だったか」

ずっぽりと足が雪の深みにはまった。

足元から身体《からだ》に冷たさが昇《のぼ》ってきて、背筋も凍る。

「スロウ様、急に立ち止まってどうしたんですか？」

「いや、ちょっとね。考えごと」

ずっと、解決策を探していた。

俺がシャーロットと一緒《いっしょ》にいられて、俺が自由であり続けられる場所を。

まさか父上から与えられるなんて、夢にも思っていなかったさ。

「ていうか、シャーロット、ありがとね」

「もう。急にどうしたんですか」

「俺が北方に送り込まれるなんて、夢にも思ってなかったでしょ」

この遠い帝国で、俺の未来を切り開く。

俺の役割は、誰も知らないこの場所で、帝国という国を知ること。

父上が言っていた自由の意味。

それは、俺を帝国に送り込むということだった。

騎士《きし》国家での生活に未練がないと言ったら、ウソになるが。

あっちにはもう立派に成長したシューヤもいるし、心配もいらないだろう。

「何を今更《いまさら》って話ですよ、スロウ様！　それよりあっちを見てください！　やっと街の明かりが見えてきましたよ！」

「え、ほんと？」

「ほら、スロウ様もこっちに来てください！」

山道を降りてシャーロットの横に立つ、無数の光が小さく俺達を出迎《でむか》えてくれた。

●

——ここ最近、母親の機嫌《きげん》が素晴《すば》らしく良いことに、カリーナは薄々《うすうす》、気付いていた。

鼻歌を歌いながら、王宮の中を歩くなんてカリーナの記憶《きおく》には一度もないことだ。

本人は隠《かく》し切っていると自信満々だが、それは日頃《ひごろ》から機嫌の変わりやすいエレノアの傍《そば》にいるカリーナには、バレバレであった。

彼女はどうして母親の機嫌がいいのか、彼に聞くことにした。

「ああ、それはカリーナ。僕が説得したからね」

いつものように、光の大精霊《レクトライクル》は本で壁《かべ》が覆《おお》いつくされた神殿《しんでん》にいた。

「光の大精霊様《レクトライクル》が……説得？」

「そうさ。僕が説得した。僕も彼らと同意見だったからね」

何も記されていない白紙の本をペラペラと捲《めく》りながら、少年は言葉を紡《つむ》ぐ。

「つまりは、騎士国家への愛なんだよ。僕は嬉《うれ》しいね。彼らこそ、愛国者だよ」

カリーナには大半が理解出来なかったが、この騎士国家を支える重鎮《じゅうちん》がエレノア女王の意に反して、行動を起こした。光の大精霊《レクトライクル》の説得もあってか、エレノアは考えを改めたということだ。そして、そのような臣下の存在に、エレノアはご機嫌らしい。

「楽しみにしておこう、カリーナ。恐《おそ》らく、一回りは大きくなって、彼は帰ってくるから」

事情に疎《うと》いカリーナでも、光の大精霊《レクトライクル》が言う彼が誰を指すのかは分かった。

●

やっと、やっとだ。長かった。

雪山越えを見事に成功させた俺とシャーロット。じんわりと胸の中に達成感。

自然と足が速くなる。前を歩くシャーロットも同じ気持ちのようだ。気持ちは分かる。

変わりやすい天気の下、ずっと街に向かって歩いてきたんだ。

「スロウ様、急ぎましょう！」

前を歩くシャーロットを追いかけて、雪で埋《う》まった山道を駆《か》け降りる。

すると、不意に視界が真っ白になった。

「ぶひいいいいいあああ！」

また、こけた。

それはもうはっきりと。ずぶりと雪の中に頭が埋まった。

「あれ、スロウ様！　どこにいるんですか⁉」

寒い、服の中にまで雪が入ってきて、泣きたい気持ちになった。

父上から帝国に行けと命令されて、ちょっとは文句も言ったけど……自由にさせてやるとの言葉に釣《つ》られて休みも程《ほど》ほどに出発した。だけど、北方の冬を舐《な》めていた。

「スロウ様ー！　どこですかー！　またこけちゃったんですか⁉　スロウ様！」

「……」

「スロウ様！　意地悪はしないでください！　どこですか⁉　こんな雪山で埋まってたら死んじゃいますよ！」

本当はさ、シャーロットも俺と同じ気持ちじゃないのかな。

明るく振る舞《ま》ってるけど、本心はこの過酷《かこく》な環境《かんきょう》に辟易《へきえき》しているとか。

北方は環境が過酷で、生きづらいってのが南方に生きる者達の常識。

なのに俺達はいつ南方に帰れるのか、目途《めど》もついていない状況《じょうきょう》だ。

やっぱりシューヤのことも心配だしな？　あいつが大きな事件を起こした時は、俺が助《すけ》っ人的《と》立ち位置で助けてやるのもやぶさかじゃないしな……。

よし、シャーロットに聞いてみるか？　聞いてみちゃうか？

やっぱり南に帰らないって？

「……ぶひい」

覚悟《かくご》を決めて、そっと顔を上げたら……誰かと目があった。げえ。

「坊《ぼっ》ちゃん。何やってるんすか？」

目の前にあいつがいた。

シルバ、嘗《かつ》ての俺の騎士。暖かそうな上着を二重に羽織って、もふもふした耳当ても装着して……防寒対策はばっちりだぜって恰好《かっこう》で、俺を見て笑ってやがる。

「何でお前がいるんだよ……俺は幻覚《げんかく》でも見ているのか……」

「そろそろ坊ちゃんとシャーロットちゃんが到着《とうちゃく》するかなって、山に様子を見に来たんすよ。でも、まさか徒歩で山越えするなんて……いや、坊ちゃん。さすがです」

「……」

「それで何してるんすか？」

「べ……別に俺はこけたわけじゃ……」

「あ、分かった！　あれっすね！　雪男の真似《まね》だ！　ははっ、センスありますね、坊ちゃん！」

「……そ、そうだ。雪男の真似だ……シャーロットを笑わせようと思ってな……」

錆との闘《たたか》いでは大いに奮戦してくれたシルバの姿を見て、ついつい強がってしまう。

「シャーロットちゃん！　クラウドの旦那《だんな》！　なんか坊ちゃんが顔を真っ白にして雪男の真似してくれるって！　こっちこっち！」

「あ、そんなところにいたんですね！　……ほら、スロウ様。私の手を掴《つか》んでください！」

「……ぶひいい」

シャーロットに手を引っ張られて立ち上がる。

クラウドが顔面が真っ白になっているだろう俺の姿を見て苦笑《くしょう》していた。

まさか、父上が言っていた俺の手足ってのはこいつらのことか？

「……シャーロット。えっと、その手に持ってるのは何？」

どこか上気した肌《はだ》のシャーロット。右手には、丸々と太った白いウサギを掴んでいる。

「ちょうど今、捕《つか》まえたんです！　街についたら捌《さば》いて食べましょう！」

「ぶっ」

逞《たくま》しい、逞しすぎるよシャーロット。だけど、そういう所も大好きです。

山越えをしている最中に食糧《しょくりょう》事情や山小屋が見つからなかった時は、寝床《ねどこ》の作り方までとても助けてもらいました。

ありがとうと、改めて心の中で感謝を告げる。

「それよりスロウ様。クラウドさんの話じゃ、街まではもう一時間も掛《か》からないって！　さあ、最後の頑張りと行きましょう！　……もう！　どうして拗《す》ねた顔してるんですか！」

「……す、拗ねてるわけじゃないって」

ただ俺は、この感情をどう表現したらいいか分からないだけだよ。

「あっ、スロウ様！　どうして急に走り出すんですか！」

シャーロットがいて、こいつらがいて。

未来を切り開く感覚に、わくわくしていたあの頃《ころ》と同じ自分がいて。

「……嬉しいだけだぶひ」

どうやら俺は。

いつの間にか、多くのものを取り戻《もど》していたらしい。

あとがき

豚公爵《ぶたこうしゃく》シリーズ最終巻になります。

ここまで続けられたこと、感慨深《かんがいぶか》いです。

当初想定では3巻ぐらい、スロウが学園を守るための黒龍《こくりゅう》退治まで出版出来れば御《おん》の字《じ》と考えていました。

それが、まさかここまで豚公爵シリーズを続けることが出来るなんて（感無量）。

特に10巻目でスロウの父親を出すことが出来たこと、物語として一区切りがつけられたこと。

読者の皆様《みなさま》ありがとうございます。皆様のお力添《ちからぞ》えのお陰《かげ》です。

元々趣味《しゅみ》で書き始めた豚公爵シリーズ、引き続きカクヨム様のサイトで更新《こうしん》予定になりますので、もしこの後のお話にご興味があるという方はＷＥＢ小説のほうも読んでみてください。

更新も不定期ですが、カクヨム様の読者数が一人でも増えればと思います。

また、ご協力頂きましたイラストレーターのnauribon様、担当編者様、関係の皆様方《がた》ありがとうございます。

9巻、10巻が思うようなスケジュールで執筆《しっぴつ》出来ず、ご迷惑《めいわく》をお掛《か》けしました。

漫画版豚公爵は引き続き連載予定ですので、漫画版も是非お楽しみください！

本10巻を世に出せたこと、関係者の皆様に大いなる感謝を。

それでは、また。どこかで。

合田拍子《あいだりずむ》

富士見ファンタジア文庫

豚公爵《ぶたこうしゃく》に転生《てんせい》したから、今度《こんど》は君《きみ》に好《す》きと言《い》いたい10

令和2年11月20日　初版発行

著者――合田拍子《あいだりずむ》

発行者――青柳昌行

発　行――株式会社KADOKAWA
〒102-8177
東京都千代田区富士見2-13-3
0570-002-301（ナビダイヤル）

印刷所――株式会社暁印刷

製本所――株式会社ビルディング・ブックセンター

ISBN978-4-04-073667-9 C0193 ◇◇◇

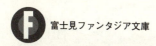

騙しあい。

各国がスパイによる戦争を繰り広げる世界。任務成功率100%、しかし性格に難ありの凄腕スパイ・クラウスは、死亡率九割を超える任務に、何故か未熟な7人の少女たちを招集するのだが――。

シリーズ
好評発売中！

ファンタジア文庫

世界最強の
“不可能任務”に挑む少女たちの
痛快スパイファンタジー！
スパイ教室
竹町
illustration
トマリ

この少年
すべてが
天上優夜《てんじょうゆうや》
異世界で
レベルアップした結果、
最強の身体能力を
手に入れた少年
シリーズ好評発売中！

I got a cheat ability in a different world, and became extraordinary even in the real world.

チートすぎる

異世界でチート能力《スキル》を手にした俺は、現実世界をも無双する

～レベルアップは人生を変えた～

著：美紅
イラスト：桑島黎音

幼い頃から酷い虐めを受けてきた少年が開いたのは『異世界への扉』だった！ 初めて異世界を訪れた者として、チート級の能力を手にした彼は、レベルアップを重ね……最強の身体能力を持った完全無欠な少年へと生まれ変わった！ 彼は、2つの世界を行き来できる扉を通して、現実世界にも旋風を巻き起こし——!? 異世界×現実世界。レベルアップした少年は2つの世界を無双する！

ファンタジア文庫

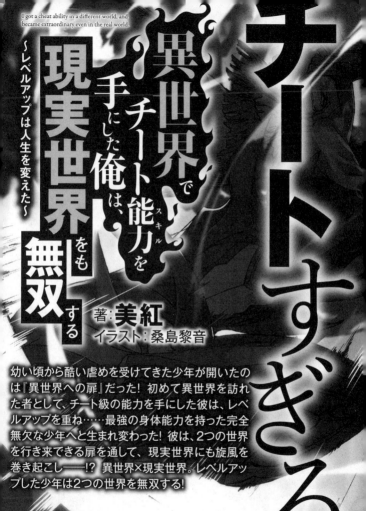

切り拓け！キミだけの王道
ファンタジア大賞
原稿募集中！
賞金
《大賞》300万円
《金賞》50万円
《銀賞》30万円
選考委員
細音啓「キミと僕の最後の戦場、あるいは世界が始まる聖戦」
橘公司「デート・ア・ライブ」
羊太郎「ロクでなし魔術講師と禁忌教典《アカシックレコード》」
ファンタジア文庫編集長
前期締切 8月末日
後期締切 2月末日
公式サイトはこちら！ https://www.fantasiataisho.com/
イラスト／つなこ、猫鍋蒼、三嶋くろね